奇蹟はどのように起こったのか？
はじめて明かされるイエスの生と死の真実

山村エリコ

明窓出版

はじめに

二〇一五年八月六日早朝のこと、いつものように神棚、仏壇を拝み終えると、不思議な感覚に襲われた。無性に何か書きたくなり、体全体に響いてくる不思議な「声」を書き留めた。わたし自身何を書くか全く考える必要はなく、「声」が語ってくれるのをそのまま書き写すだけで良かった。所謂（いわゆる）、自動書記と呼ばれるものらしいが、「声」の主は誰もがその名を知っている、遥か遠い昔の人物であることに気付くのにそんなに時間はかからなかった。

毎朝、その「声」は、イエスの生涯を約一年にわたり自ら語ってくれた。驚愕と疑心の中、なぜ、わたしが書かねばならないのか不思議だった。わたしはキリスト教信者ではない。それに世界一のベストセラー本であるという『聖書』を読んだこともないのである。

今までのわたしの人生において『聖書』は何度も目の前に現れた。ある時は宿泊先のホテルの引き出しの中、ある時は病院の待合室の本棚、ある時は友だちのベッドの枕元に無造作に置かれていた。しかし、わたしが手に取って読むことは一度も無かった。

わたしがイエスと信じる「声」の語る物語はとても興味深いものであり、譬（たと）え話にいたっては含蓄に富み、愛に溢れ、イエスの人物像を見事に浮き彫りにしていた。

ローマ帝国の圧政の下に喘（あえ）ぐひとりのユダヤ人としての愛、苦悩、迷いが、イエス自身によって語られると、その人間性に魅力を感じずにはいられなかったし、ペテロやイスカリオテのユダとの師弟関係も感動的であり、イエスを崇高で近寄り難い存在というより身近なひとりの人間として親近感を憶えた。

イエスは、ある時、何気ない口調で話しかけてきた。

(わたしの生涯の中で、臨終の場面が一番好きだ。なぜかというと、その死に方がわたしらしいと思うからだ)

わたしはこれを聞き、かの有名な十字架上での死を指すものだと思ったが、のちに本人より語られた最期は全く違っていた。わたしはやっと『聖書』をひも解く気になった。しかし、イエスがわたしに語ってくれた物語を『新約聖書』〈諸福音書〉と比較するとかなり内容が違っていた。そして、驚くことに『聖書』は今日までに改ざんされた可能性があることが幾多の書物で指摘されていた。イエスがどういう人物であったかを誰も知ることはできない。イエスを少しでも知ろうとするなら確かに『聖書』以外にはないだろう。だが、その『聖書』が改ざんされているとしたら何を信じれば良いのだろうか――。

ある日の夕方、わたしは二階の窓から空を眺めていた。

(小さな空だな)わたしがそう呟くと横にイエスの気配を感じた。そして、次のように語り始めた。

（この話は、わたしが肉体の死を経たずっとあとのことだ。

ある国の戦場に佇んでいると、銃撃戦の最中、ひとりの兵士がわたしの横にきて屈み込み必死に祈り始めた。驚いたことに彼の口から洩れ聞こえたのはわたしの名だった。

「イエスさま、イエスさま、どうぞお守りください。わたしが死ねば母がひとりぼっちになります」

彼の胸には小さな十字架が揺れていた。

わたしは静かにその兵士から離れた。

激しい銃撃戦の音が鳴り響き、ふり向くと、その若い兵士は倒れていた。わたしは彼の周りに、多くの花を手向けた。空は悲しいほどに美しく青かった。

なぜ、戦争はいつまでも絶えることがないのか？　人の命がこんなにも軽く扱われるのか？

人の心は幼いまま進化していないのだ。

「愛」を誤って使ってはいけない。わたしの説く「愛」とは単に人のために生きるのを「愛」というのではなく、己を知り、己を生かすことが人に幸福を与える、これを「愛」と呼ぶ。

こうしている瞬間でさえ、世界のあちらこちらでは悲しみの光景が広がっている――飢えのため死んでゆく子どもたち、医療を受けられず苦しむ人々、戦（いくさ）の犠牲となり逃げ惑う民――何と悲惨なことだろう。地球という美しい星は守られるべきであり、そこに住む人々が悲しむようなことがあってはならない。

日本という国は、二度も原爆投下の悲運にみまわれている。体中の皮膚が焼け爛れ、熱さに耐えきれず次々と川に飛び込み亡くなった人々。あちらこちらで焼かれた死体の山。

愚かな戦争の結末を日本人は見てきたのではないのか？　日本が世界の手本となるべき理由のひとつが「広島・長崎」の痛ましい教訓だ。

――時は来た。これまであなたに届けてきた「贈り物」を発表しなさい）

イエスは話し終えると消えた。

発表……!?　本にせよということなのか……!?

わたしはしばらく考えたのち、イエスからの「贈り物」を本にまとめてみようと決心した。

イエスの心情を表現する言葉が見つからず幾度となく頭を抱え込んだり、晦渋な言い回しを読み解くのに何日もかかったりした。それでも、イエスの知られざる姿を多くの人に知ってほしいと願う気持ちがわたしに大きな力を与えてくれ、『奇蹟はどのように起こったのか』は完成した。

読者の方が、この本をお伽噺としてお読み頂こうと、真実を嗅ぎ取り心に刻みたいと思われようと、その捉え方は全く自由です。

「人はなぜ生きてゆかねばならないのか。また、どのように生きていけばよいのか」――誰もが直面するこのような疑問に対する答えとなるヒントが、この本には宝石のようにちりばめられています。

本書があなたに希望や勇気を与えてくれたなら、わたしにとってこの上ない喜びであり、その時こそ、わたしはイエスに託された役目を果たしたと言えるのかもしれません。

奇蹟はどのようにして起こったのか？　目次

第2部　伝道の日々

第3部　運命の時は来た！

第1部
道を開く

第1章　誕生から旅立ちの時まで

わたしは話すのが苦手だった

わたしの祖父は、母マリアの結婚相手としてヨセフとその弟を心に留め、マリアに二人を紹介した。

最初、マリアはヨセフの弟と引き合わされた。弟はマリアの過去の恋愛についてこだわり、「マリアと自分は合わない。兄さんの方が良いと思う」と兄ヨセフにマリアと会うことを勧め自分は断った。

兄ヨセフはマリアよりかなり年齢が上だった。性格も物静かで無口で、若々しく活発な弟とはかなり違っていた。ヨセフは容貌は端正であったが、仕事中の怪我により片足を引き摺（ず）っていたためかいっそう老けて見えた。そんなヨセフだったが、マリアはヨセフの誠実で真面目な人柄に好感を持った。

二人は会ったその夜、結ばれた。しばらくするとマリアは身籠（みごも）ったことをヨセフに伝えたが、ヨセフは一夜の愛によりマリアが妊娠したことを信じようとしなかった。

また、結婚していない女性が身籠るのは、たとえ婚約中でも姦淫の罪に問われかねなかった。マリアは苦しんだ。

そんなある時、マリアは夢を見た。まばゆいばかりの光に包まれた赤ん坊がヨセフの腕に抱かれていた。その周りには光り輝く多くの方たちが立っていてこう言われた。

「この子は早くこの世に生まれ多くの人々を助けたいと考えている」

マリアは光の方たちに訊ねた。

「そんなりっぱな子が授かったのであれば、夫婦二人で協力して育て上げます。どのように教え育てれば良いのでしょうか？」

「一番大事な真理を言うなら、人は肉体の死を迎えても魂は生き続ける。転生――何回も地上に生まれ変わる――により魂を磨き続けてゆくのだ。このことを人々に伝えてゆく力をこの子は充分に持っている。そして『神』の解釈を正しく広め、万物の調和を尊び、人々は憎しみ合うのではなく愛し合うために生きていると人々に説く子を育てるのだ。ヨセフにしっかりと伝えなさい」

マリアは目覚めるとヨセフに夢の話をして、「おなかに宿っている赤ん坊は精霊によってもたらされた命だ」と泣きながら告げた。ヨセフはマリアの夢の話を聞き驚きながらもマリアを疑っていたことを恥じた。間違いなくマリアが身籠っているのは我が子であり、大変な使命を持って生まれてくることを確信した。マリアとヨセフは喜びのなか結婚した。

　これが、わたしイエス誕生の経緯である。


　わたしの一番古い記憶は赤ん坊の時だ。原っぱの大きな木の下で木箱に布が敷かれ、その中でわたしは眠っていた。母マリアは傍で何か手仕事をしていた。わたしは赤ん坊だったが、なぜかその時のことをよく憶えている。わたしの髪の毛が風で乱れる度、母は手仕事の手を止めわたしの髪の毛を整えた。

　今でも想い出すと、とてもいとおしい。

　二歳の頃、信じられない話に聞こえるかもしれないが、この世に生まれる前の記憶があり――微かではあったが――その頃が恋しかった。しかし、その記憶も徐々に薄れていった。

　三歳の頃、母と二人でお祈りをしている時にわたしの前にまばゆい光が現れた。驚き母に抱きつくと母は、「神様があなたに『よく学びなさい。よく教えを乞いなさい』とお話しになっています」と言った。
　四、五歳になってもわたしはほとんど喋らなかった。唖ではないかと疑う人もあったが、人の心の動きには敏感に反応した。
　年子の弟がいて、外見はわたしにそっくりだった。双児と間違われるほどよく似ていたため、わたしの右手首のアザのような黒子を弟とわたしを見分ける目印にしている人さえいた。この弟はわたしと違ってよく喋った。わたしが五歳の時、弟は養子に出され、それ以来、実に三十年会うことはなかった。

六歳の時、ひとりの男がわたしを尋ねてきた。わたしをじっと見詰め呟いた。「この子は救世主ではない。弔いの王冠を頭に載せていない」

次に男はわたしの名を訊いた。わたしは無表情に黙ったままだった。男は言った。「自分の名すら言えない。こんな子が救世主であるはずがない」男は去って行った。

男が去ると、まばゆい光に辺り一帯包まれた。

（彼は未来の救世主を探しているのです。見つかってはなりません。わたしたちが守ります。あなたが目立たない村の貧しい家に生まれたのは見つからないためです）

八歳くらいになると両親の教えもあり、大分喋れるようになっていた。しかし、わたしには聖人や偉人の幼年期によくあるような褒め称えられる言動など何ひとつなかった。

母マリアはもっとわたしに対して、自分の思うことを話したり、人と会話するように仕向けたが、なぜかわたしには言葉にするということが空しく、思索に耽る一風変わった少年だった。

父ヨセフは優しくわたしにいろいろ教えようとした。「人が人を愛することはとても大切だ。人々が愛し合うことにより神はその栄光を偲ばれる」というのが父の口癖だった。

そして、わたしも徐々に両親の薫陶(くんとう)を受け、自分の言いたいことや人との会話もできるようになっていった。

九歳の時、夕空を見上げていると、空に泣いている人の顔がたくさん視えた。誰にも言わず黙っていたが、何かある度その光景を想い出し悲しくなった。

十歳の頃に見た夢の話だ。

〈大男が夢に現れて袋の中から次々といろいろなものを出した。王冠、長い黄金の杖、竪琴(たてごと)、カモシカ、鷲(わし)、同じ顔をした兵士たち、袋の中から、それらは飛び出すと空をめがけて散っていった。大男は袋を閉じると消え、どこからともなく美しい歌声が聞こえてきた。

『たたえよ　たたえよ　かみのみむね』〉

繰り返し歌われるので、その歌声と言葉はわたしの耳に響き、遊ぶ時いつも口ずさんでいた。

ある時、太陽はなぜ夜に無いのか不思議に思い母に訊いてみた。

「太陽は、昼は人々が働くため照らしてくれ、人々が疲れると安らかに眠れるよう姿を消すのです」

母の答えはわたしの納得できるものではなかった。わたしは人々が眠りについている間、働く月のことを思った。

「お母さん、月はなぜ人々の眠っている時に働くのですか?」

「人々の幸福を願い、明日への力を蓄えさせようと安らかな眠りに誘うのです」

ふとその時、わたしの口からあの歌が自然に流れてきた。母は驚きわたしの手を引っ張り家の中へ連れて入った。そして、祈りを捧げたあとにこう言った。

「その歌を誰に教わったのか、あなたに訊いても答えられないでしょう。あなたが願うものは、あなたの手の中に宝物としてあり尽きることがないでしょう。でもそれは自分のためではなく、他の人のために使うのです。分かりましたか？」

母マリアはしっかりとわたしを抱き締めた。


十三歳になると父は、エジプトにあるアレクサンドリア図書館に連れて行ってくれた。そこは素晴らしい知の宝庫であり、わたしの知識力、記憶力、言語力を開花させてくれた。わたしはあらゆる分野の知識やギリシャ語を学ぶことができた。

アレクサンドリア図書館に出入りするうちパルラという友だちができた。

十五歳の時だ。彼は勇敢で人を畏れず、どんな相手でも堂々と自分の意見を述べていた。そんなパルラに目を付けていた若者達が、パルラに質問してきた。それは、

「あなたの信じる神はいつ救いの手を差し伸べてくるのか？」

というものだった。パルラは黙ったままだった。若者たちは嘲笑い、次にわたしに訊いてきた。

「あなたはどう思うのか？」

わたしは、

「神はいない」

と答えた後に、「あなたたちの考えているような神のことだが……」とつけ加えた。

彼らは騒めき、彼らの中で一番気性の激しそうな一人が熱り立って訊いた。

「それはどういうことなのか？」

わたしは落ち着いて答えた。

「神は我々を救う暇などない。今新しい国づくりに忙しい」

その若者は驚き、わたしに一歩近付いた。

「それは、いつ、どこにできるのか？」

「まもなくだ。近付いている」

わたしたち二人の周りに人垣ができ始めた。

若者は重ねて訊いた。

「神のおつくりになる新しい国とは如何なるものか？」

「すべての人々の心の中に神は居る。自分の心の中に居る神を信じ、人々がお互い助け合ってゆく国のことだ」

人垣の中から「狂人」、「律法を知らぬ者」などと声がとび交った。その中から、いかにも博識そうな男がわたしの前に立った。

「あなたはもっと勉強する必要がある。神とは奇蹟を起こし、治め、命じ、あらゆるものを制する偉大な力をお持ちだ。我々にそんな力などあろうはずもない。馬鹿なことを言うではない」

パルラはわたしの手を握り二人は走って逃げた。遠くで、「捕まえろ。罪深い奴等を」と言う声が聞こえた。

やっと安全な場所まで来るとパルラはわたしを諭した。

「君が何を思っていようと自由だ。しかし、さっきのようなことを言うのは君が預言者になった時にしたまえ。命は尊い。粗末にしてはいけない」

わたしはパルラの言う通りだと思った。そして、いつか人前で堂々と自分の思うことが述べられる日の来ることを祈った。

ある時、パルラはわたしにこんなことを言った。

「君はあらゆることに対して僕が考えもつかないようなことを言う。インドへ行って見聞を広めてみたまえ。きっと君は大きく飛躍するだろう」
わたしは、その時パルラの口から聞いたインドという国に憧れを持った。アレクサンドリア図書館で学ぶのに四年の月日が流れていた。
十七歳になるとわたしは両親の元を離れ、インドへ行くことを決心した。

遥(はる)か前方に視えるのは
むらさきの静寂と白い鷹
わたしの乱峰(らんぽう)の如き屍を
見守り育てている。

儚(はかな)い神伝の行進に
虹いろの草花は散ってゆき
挘りどころのない雨が
幻影のわたしの足跡を消し去る。

腐った角笛の音から
わが身を守り
背中に張りつく断魂（だんこん）を
土（つち）深く埋めてしまおう。

投げ捨てられた「時（とき）」の剣に
罪などありはしない。
繊弱（せんじゃく）なわたしの旅立ちを祝って
明け方の鳥が飛び立ってゆく。

第2章　修練時代

船乗りの仕事

船乗りの仕事は決して楽なものではなかったが、労働の尊さ、仲間との協力や信頼関係の大切さなど、多くのことを学ぶことができた。

ある時のことだ。気性の荒い仲間が急にわたしに向かって怒り出した。わたしの積んだ荷が崩れかかっていると罵り、そのうちの一個を放り投げた。ところが運悪くその一個の荷は海中に落ちてしまった。気の優しい仲間たちが海に飛び込んだり、網を使ったりして荷を船に上げわたしの窮地を救ってくれた。しかし、仲間たちがわたしの味方になり庇ってくれたことが、ますます、暴れん坊の男の反感を募らせわたしは船に居づらくなった。

「二度とこの船には帰らない」とわたしは頭に告げ、次の停泊地で降りた。

港町では行き交う人々に活気があり、賑わいを見せていた。

わたしはひとりの旅人として、辺りを見回しながら歩いていた。

「いい仕事があるぞ」

真っ黒に日焼けした男が呼びかけたが、わたしは真っ直ぐ前を見たまま歩き続けた。

「安くしとくよ」

今度は薄いショールを羽織った女が近付いて来た。

「どんな魅力的な魚でも要らない」

わたしがそういうと女は長いスカートを上までたくし上げ笑った。

騒めきの中を抜け、やっと教えてもらった一軒の安宿を見つけた。

入口に頑強な男が立ってわたしをじろじろ見た。眠らせてくれという身振りをすると、その男は寝台が置かれているだけの部屋に案内した。

わたしは疲れもありすぐ眠りに落ちた。夜中誰かが部屋に入ってきて、わたしの枕元近くに置いてある袋の中をゴソゴソして出て行った。

朝、目覚めると袋の中にあった金袋は無くなっていた。身づくろいを済ませ出入り口に行くと、昨日とは違う男が立っていて宿泊代を請求してきた。わたしは空（から）になった金袋を見せた。

結局、一泊代金の代わりに荷役の仕事をさせられた。仕事から解放されわたしは宿の男に言った。

「大きな魚が釣れたようだな」

その男は言葉の意味が分かったのか大きな声で笑った。

歩き始めると後ろからさっきの男が追いかけて来て、言葉が通じないので身振り手振りでなにか訴えた。推察するに、わたしの働きぶりがあまりにも良かったのでここで働かないか、ということらしかった。

通りには、来る時にいた女が立っていたが今度は顔を横に向けたまま知らん顔をしていた。

わたしは空腹を抱えたまま、その町を去った。途中で見つけた小川で満腹するほど水を飲み、柔らかそうな草を食べた。

照りつける太陽の下を歩いていると、上空に大きな鳥がゆっくり弧を描いて飛んでいた。このみすぼらしい旅人に何の用があるのか、ずっとついて来た。死の匂いでもするというのか——。すると、さっきまでの晴天を雲が覆い、あっという間に雨が降り出した。その雨の中、どこからともなく声を聴いた。

（急ぐなかれ
急ぐことは死に繋がる
お前のめざしている所は得るものが少ない
それより　山へ行け
ひとりの仙人が待っている
そこで多くのものを得ることができる）

雨は止みそうになかった。一軒の家の前で雨宿りしていると、家の中から丸坊主にした男が出て来てわたしを部屋の中に招きいれた。

彼はわたしを椅子に座らせ、何度かわたしを拝む仕種をした。そして、奥から薄い板切れを持って来て、それに何か書き始めた。書き終えると、うやうやしくわたしに差し出した。そこにはインドへの道が書かれていた。そのうえ、わたしの袋の中に食料や水を入れてくれたのだった。

わたしは異郷の地で、あたたかい人の心に触れ深く感謝した。

外へ出ると雨はすっかり上がっていた。彼はわたしの姿が見えなくなるまで家の前に佇(たたず)んでいた。

千の学びを与えても

夕陽はすでに落ちようとしていた。

道の向こうに立っている男がわたしに何か呼びかけていた。近付いてみると若い男で、首に角笛をぶらさげ手には大きな鋭い鎌を持っていた。目を見ると虚ろでどこを見るでもなく、一目で異常なものを感じた。

若者は手招きをして、「ついて来い」という仕種をした。若者に連れて行かれた家には二十人くらいの男女がいて、一斉に何か唱えていた。唱え終わると部屋の正面に飾られた画に向かい平伏（ひれふ）すという動作を繰り返していた。

若者はわたしに一緒にやれと要求したが、わたしは首を横に振った。

部屋の中央には金色で描かれた人物画があり、その人物が彼らにとって偉大なる存在であると思われた。

その金色の人物が画の中から語りかけてきた。

（邪心を恐るるなかれ）

わたしは訊いた。

（邪心とは何をいうのか？）

（邪心とは己の心の外にあるもののことだ）

画の中の人物は答えた。わたしは重ねて訊いた。

（あなたはこの信者たちに何を教えているのか？）

画の中の人物は申し訳なさそうに答えた。

（真理……じゃ）

わたしは集団の後ろに座り、信者たちの唱える不思議な祈りを聞いていた。すると集団の一番前に座り、頭からヴェールを被った派手な格好の女がわたしに近寄って来た。

「あなたの周りは光り輝きまぶしいほどです。あなたはどなたでしょうか？」

言葉は分からなかったが、そういう意味のことを言っているのは分かった。

「わたしは旅人です」

わたしがそう答えるのが早いか、女はわたしの胸に短剣を突きつけた。

「袋の中の物、服、全部置いてゆけ」

女がわたしを脅している間、ますます、信者たちの唱える声は大きくなっていった。

わたしは言われた通り、袋の中の物すべてと上着を女の前に置いた。女の目は、ここへわたしを連れてきたあの若者の異常な目と一緒だった。

わたしが早々に家を出ようとすると、画の中の人物が話しかけてきた。

（あなたもここにいて彼らを教育して欲しい）

わたしは笑った。

（あなたの信者は旅人の物を集めるのが好きらしい。悲しいことにあなたは信者に恵まれていない）

（全くその通りだ。彼らはわたしを崇めるふりをして人々より搾取（さくしゅ）している）

わたしは身軽になり、やれやれと歩き始めた。するとさっきの女が追いかけて来た。

「この悪魔め、早く立ち去れ。お前のため大事な画が穢れてしまった」

わたしの目に一瞬、その画が視えた。なぜか画は黒くなり散り散りに破れていた。

「お前のものはすべて持って行け。災いをもたらすものは要らない」

女はわたしの持ち物や上着をわたしに投げつけた。

わたしは身づくろいをすると、何事もなかったかのように歩き始めた。傍には画の人物がわたしにつれだっていた。

(わたしはこの地で神として崇められている。それは生きていたころ、超能力者だったため力を尽くし多くの人々を救ったからだ。しかし、わたしの死後、わたしは神格化され人々はあらぬ方向にわたしを利用し始めた。わたしは当時、教育を受けていない人々のため分かりやすいように譬え話をしたものだ)

わたしは深く頷いた。

(千の譬え話をしても、千の学びを与えても己を知ろうとしないものは真理を知ることができない)

画の人物はそう言うとわたしを見た。わたしはその言葉を聴き正確に繰り返した。

彼は驚き目を見張った。

(あなたはたいへんな人だ)

しばらくすると左右に道が分かれていた。彼はわたしの名を訊いた。
「イシュヤ」
と答えると、彼は空中にいてわたしに「送別の詩」を述べてくれた。

谷に行けよ。
谷には目の見えぬ魚たちが
世界の広さを教えてくれるだろう。

山に登れよ。
山には二つの顔を持つ魔人が
両眼で見よと山の高さを教えるだろう。

空に舞えよ。
空には旗を持つ多くの死者の群れが
楽園への入り口を教えてくれるだろう。

魚に訊けよ。
彩り豊かな魚たちが
水の物語を教えてくれるだろう。

鳥を敬えよ。
鳥は人の流す一粒の涙が
今日の真珠だと歌ってくれるだろう。

人を尊べよ。
ゆっくりと杖をつき歩いている者が
黄金の道を教えてくれるだろう。

わたしは左の道を選んだ。彼は右の上空を飛んでいった。
(イシュヤに幸いあれ)
上空からその言葉が聴こえてきた。

背に敷物と袋を背負い、インドをめざして歩き続けた。

道中、一軒の家から悲しみの声が洩れてきた。何事があったのかと家の中を窺うと、「たった今、ここの主人が亡くなられた」と出てきた男が教えてくれた。

わたしは荷を置くと祭壇の前に進んだ。死者は正直に謙虚に一生を送ったことを物語っていた。わたしは彼の枕元に跪くと死者である老人と会話を始めた。

彼は言った。

（何ひとつ後悔はない。苦しみもない。家族に悲しまないよう伝えてくれ）

わたしは家族にその通りのことを伝えた。一同は大いに怪しみわたしを追い払おうとした。

死者はもうひとつ伝言を伝えるようわたしに頼んだ。

（玄関の横にある部屋の床をめくると壺がある。その中にあるお金を孫娘の婚礼やお世話になった方たちにお礼として使うように言ってくれ）

わたしがその通りのことを家族に伝えると実際に大金の入った壺が出て来た。

わたしが家を出て行こうとすると彼らはわたしがどこへ行くのか訊いた。「インドへ行く」と言うと老婆が何やら巻物を取り出し、「これを持っていれば、あなたの会いたい人に会える」と差し出した。

道端に灰色のうさぎがうずくまっていた。酷い怪我で、かなりの出血の量がこの先命の長くないことを物語っていた。

わたしは、うさぎに恐怖心を与えないよう、ゆっくりうさぎの横に座った。そしてうさぎと意識を合わせようと試みた。少しずつ、うさぎの意識がわたしの中に入って来た。

幸福（しあわせ）そうに母親の腹のあたりで眠っているのが視えたが、しばらくすると大きくなり飛び跳ねどこへでも行けるようになっていた。やがて、場面が変わり大きな湖が視え、ちょうど夕陽が沈んでゆくところだった。うさぎは夕陽の光にきらめく湖上を美しい姿で飛び跳ねていた。

（ああ……死に瀕しているこのうさぎもかつてはこんな壮大な夢を見たことがあったのか……）

――うさぎは息絶えた。

わたしは草叢（くさむら）にうさぎを運び祈りを捧げた。そして、そのうさぎにマアセヤと名付けた。

わたしの臨終の時も、見ず知らずの旅人が最期を見届けてくれることになるかもしれない。

生きているものにとって、明日がやってくる保証などありはしないのだから――。

空を手でまさぐりながら
ことばで我が身を傷つけながら
涙で身をつくろいながら
わたしは、今を歩く。

月の光が
すてられた哀しみを
舐めるように照らす中を
わたしは、今を歩く。

鳥の鳴き声に天を仰ぎ
人知れぬ荒地を
迷いつつ、喘ぎつつ
わたしは、今を歩く。

明日への門は探さない。
今を、歩くことこそ
わたしは、命の神火を
輝かせることができるのだ。

仙人アローマとの出会い

それは長い旅だった。何度も不審者と間違われ殺されそうになったり、その土地特有の病気に冒され、もはやこれまでと思ったこともよくあった。ある時は草叢にいた毒蛇に左膝を咬まれ、持っていた短刀で左膝下を蛇もろとも抉(えぐ)り、体に毒が回るのを防いだ。

やっとの思いでインドに辿り着くとさっそく、パルラの話していたヒンドゥー教を学び始めた。しかし、わたしの信じる世界と信徒たちの生活に、あまりに大きな違いがあった。

「ここにいてもわたしはもう学ぶことはない」と親しくしていた僧に打ち明けた。その時、かつて老婆よりもらった巻物を想い出し彼に見せると彼は、「あなたの行く所はヒマラヤに住むアローマの所だ」と言った。

わたしは、三年半居た僧院を、見つからないよう夜中に抜け出しヒマラヤ山脈へ向かった。

アローマを探すのはむずかしいことではなかった。数日間も歩いているとアローマに出会った。というよりわたしを出迎えてくれた。まるでわたしが来るのが分かっていたように喜び、軽々とわたしを背負い、歩くというより飛ぶように彼の住処まで連れて行ってくれた。

わたしが名乗ろうとしたり、どこから来たか言おうとしてもアローマは首を横に振った。

わたしと彼に言葉は要らなかった。すべて心で会話した。

彼は言った。

(風は名を持たない。どこから来たのかどこへいくのか言わない)

彼は今までに見たこともないほどの美しい瞳と、全く無駄の無いしなやかな肢体を持っていた。

ある日、彼はわたしの両眼を彼の手で閉じさせた。驚いたことに懐かしい景色が見えた。わたしの幼少の頃の家――ナザレという小さな村の坂を下った所にわたしの貧しい家があったが――が視えた。土木工事をしている父の姿、アレクサンドリア図書館で学ぶわたしの姿、次々と視え遂には死を迎える場面、死後の世界まで視えた。どこまでが本当なのか？

驚きのあまり涙が溢れアローマの腕の中で泣いた。

何より驚いたのは、ずいぶんと先の時代のようだったが残虐な戦争ばかり視えたことだ。これは真実なのか？　わたしが彼を見ると彼は黙って頷いた。

わたしは仙人アローマと行動を共にして、ありとあらゆることを学んだ。病人の治療法、死者との安全な会話の仕方、自分の肉体から抜け出す方法、遠隔透視、遠隔会話、その他いろいろ数えればきりが無い。それはわたしの持つ天賦(てんぶ)の才もあったかもしれないが、彼からわたしへの愛情の賜(たまもの)だった。

また、彼はインドにおける信仰の実態を、わたしに話して聞かせることも忘れなかった。わたしはヒマラヤのアローマの元に来る前の、僧院での話をした。残念ながら、彼らの聖典とは相容れないものがあり決別したと告白した。アローマはわたしに対して、（教えることはもう何も無い）と告げた。

アローマは別れの前夜、わたしを彼の横に座らせ最後の教えとなるであろう話を始めた。

（わたしの愛する弟子よ。あなたは愛にも溢れているが、憂いにも満ちている）

そう言うと、アローマは立ち上がり夜空を指差した。

（そなたはあの彼方からやって来たのだ。その目的はこの地上に愛の花を咲かせることだが、荒野に花を咲かせることはとても難しい。荒野を耕す――人々の意識を高める――ことから始めないと種を蒔いてもうまくゆかない。

思ってもみたまえ。たとえば、人々が信じている「神」とやらは供え物を欲しがったり、感情のまま荒れ狂ったり、勝手に罰を与えたり、好みの民だけに幸運をもたらす――。そんな存在が「神」であると人々は本気で信じているのかい？　いつの日か気付くであろう。「神」とは法則であるということが……。

そして何よりも「神性」というものは人々の心に宿っており、すべてのものと繋がっている。幾多の転生を経て魂はより高い次元へと繋がる。実は世界は「愛の調和」で成り立っている。しかし、人々は全くそのことに気付かず独占欲に支配され、お互いの裡にある「神性」なものを傷つけ合っている……。すべては繋がっているというのに……）

アローマの頬は涙で光っていた。

（そなたが故郷へ帰る時が来た。そなたを待っている人々がいる。もうここにいても学ぶことはない）

アローマは強くわたしを抱きしめた。アローマに背負われて山に入ってから八年目の春が来ようとしていた。

船上での想い

わたしは穏やかな波を見詰めていた。船の旅もこれが最後だ。故郷を離れできる限りの修練を積んできた。

袋の中から洋皮紙を取り出し、そこに書かれてある文を読んだ。

〈愛を説く者よ
人の上に立とうと思うな
父を想えよ
父は何を教えたか
母を想えよ
母は何を教えたか〉

これは仙人アローマがわたしと別れる時に最後にくれたものだった。

わたしは貧しい家に育ち教育も充分に受けていなかった。だが、どんな親から生まれてもその親から学ぶべきことはあるはずだ。心の根底にある親への思いは、とても大切なものだとアローマは言っていた。

もう一度、文を読み返し暗誦した。波の上に紙を落とすとわたしの心は決まった。

一人の力は一人の力でしかない。この海原に漂う如く、このわたしにいったい何ができようか？　大きな権力に屈するしかないのだ。剣を持って立ち上がり同志を集めても多くの無駄な血を流すだけだ。

わたしはインドで出会ったひとりの僧の言っていたことを想い出していた。

「人に何かを教えるのは簡単なことだが、その教えに息を吹き込むのは容易ではない」

どう生きてゆけば良いのか？

わたしは天を仰いだ。天からの声がわたしにはこう聴こえた。

（お前が真理を説き広めようとしても困難なことだ。故郷の土を耕し一生を貧しくとも平凡に感謝して生きれば、そこに見出すものは決して価値のないものではないはずだ）

わたしの頬を撫でる風が柔らかくなった。目を閉じるとひとりの娘の笑顔が浮かんできた。

ヒマラヤ生活でのわたしの愛の物語だ。

その娘は村に住んでいたが、時々、わたしの住んでいる山へ食料や生活に役立つものを持って来てくれた。

ある日、大きな鳥の羽根と分厚い葉っぱを持って来て、「葉っぱの裏に羽根の先で何か書いてくれ」と言う。わたしはその葉っぱを抱きしめ娘に返した。娘は、「なぜ何も書かないのか？」

と拗ねたがわたしの言うことを聞いて喜んだ。わたしは、「この葉っぱにあなたへの愛を閉じこめた」と言ったのだ。娘は喜び大事そうに葉っぱを胸元にしまいこんだ。風は涼やかに吹きわたり、わたしは日頃の修行の厳しさも忘れ幸福に浸った。

それから半年も経った頃だろうか。娘が暗い顔をして山に登って来た。遠くに嫁ぐことになったと言う。貧しい家なので弟や妹のためだとも言った。娘の目から幾粒もの涙がこぼれ落ち頬を濡らした。

娘は胸から枯れた一枚の葉っぱを取り出した。あの愛の葉っぱだった。二人は土を掘りその葉っぱを埋め抱擁を交わした。

娘は心を込めてわたしに愛を告げた。

「わたしは一生涯あなたのことを忘れない。いつもあなたのことを想い、あなたの幸福を思って暮らします。わたしはいつもあなたと一緒に居てあなたへの愛を貫き通します」

わたしは娘の美しく黒い瞳を目に焼き付けた。遠くで鐘が鳴っているのが聞こえてきた。娘は何度も振り返り山を下りて行った。そして二人は、二度と会うことがなかった。

黒い瞳の娘ユリイは
ひとつの嘘もつかない。
霧が覆う大地に立つわたしは
宿命に縋（すが）って生きているというのに。
裸足で山々を歩きながら
わたしは荒れた街を想う。
血にまみれ、地に果てている鳩を
振り返る者は誰もいない。
故郷にあらば
争い、恨まれ、呪われ
己の使命さえ滅んでゆくだろう。
いつの日か、定めの地にて
わたしはひとつの屍（しかばね）として
土と化してゆくのか。
黒い瞳のユリイよ。
愛する娘ユリイよ。

死が迎えにきたその時は
二人の愛を蘇らせておくれ。

上陸する港が遠くにうっすらと見えて来た。
長旅を終え羽根を休める鳥のようにわたしは自らを労（ねぎら）いつつ、ゆっくりと下船の支度を始めた。

第3章　帰　郷

新しい道を開く

黄昏時、わたしは、しばし呆然と立ち尽くしていた。そこには、母マリアの姿を始め誰ひとりとして家族はいなかった。

かってインドでの修練時代のことが頭を過った。一本の杖を持ち山野を歩いた。そして美しい花が咲いていると足を止め、その花に母の笑顔を想い浮かべようとした。

戸口に腰かけ想い出に浸っていると、母が袋を担いで帰って来た。わたしを見ると袋を投げ出してわたしに走り寄り抱きしめた。

母は若い頃より老けていたが、額は広く目は慈愛に満ち意志の強い顔立ちはまぎれもなく母だった。母はわたしを上から下へじっと見下ろし、目に涙を溜めて、「ゆっくりやすみなさい」とだけ言った。

わたしは手首にしていた腕輪をはずし母の手首につけた。わたしが大切にしていた唯一の宝物だった。母はわたしの頬に接吻すると、腕輪を自分の腕のちょうど良いところまで調節し、いとおしそうに見ていた。

その夜、わたしは母と食事を楽しんだ。話は尽きることがなかった。

父ヨセフはわたしが家を出たのち、病気で亡くなっていた。母はわたしとの再会がよほどうれしかったのか、何度も何度もわたしを見た。

母は今後わたしにどうするつもりかと訊いた。

「農民として暮らそうかと思う」と答えると母は厳しい顔になり、農業をやることが今どれだけたいへんか、切々と語った。重税に泣かされ収穫も安定せず追いつめられてゆく農民の苦しみは、わたしの選ぶ道ではないと母は言い切った。

わたしは目を閉じ、しばらく黙っていたが、「インドでの厳しい修練を生かし、わたし独自の考えを人々に伝えてゆくのはどうか？」と言うと、母は笑いながらこう言った。

「自称救世主なら時々歩いていますよ。この苦しい時代に皆が神よりの使いを今か今かと待ち望んでいるんです。自己暗示にかかった者が何か言いながら歩いていて、その後ろを数人歩いていたりするわ」

母は籠の中の果物を勧めると微笑んでくれた。

「イエス、あなたが学んできたことをわたしに聞かせてほしいわ」

わたしは母の生活に荒れた痛々しい手を見た。そして、母の若い頃の美しい張りのある手を想い出しながら語り始めた。

「子は誰も母親から生まれてきます。もちろん、わたしを生むことも母にしかできませんでした。この何でもないようなことがとても大きな意味のあることなのです。ひとつの命は母を選び生まれてくるのです。つまり、わたしが母を――今、目の前にいる――選んだのですよ、お母さん。このように地上に生を受ける前に自分が一番良いと思う母を探し、かけがえのない母を選び母の胎内に宿ります。これは奇蹟とも言えることなのです。数知れぬ中から選ぶのですから――。地上に生まれて母の腕に抱かれている時、子は何も持っていません。しかし、子の魂は〝この母を自分が選んだという自信と母への敬慕、愛情〟を知っております」

母は目を丸くして驚いた。

「イエス……あなたがわたしを選んでくれたの？　信じられない！　でも、うれしいわ」

母はわたしを抱きしめた。

わたしは母に捧げるとして〝愛〟についての譬え話をした。

「〈子のいない夫婦がいた。夫は短気で妻をいつも自分の所有物のように扱い、何か気に入らないことがあると妻を怒鳴り散らしていた。妻はいつも孤独だった。

ある日、どこからともなく一匹の山羊が迷いこんできた。山羊はしばらく妻に育てられていたが、夫が山羊を嫌い『遠くに放して来い』と命じたため妻は悲しみながらも夫に言われるまま遠くの野に放してやった。

するとその夜、夫が寝た後、トントンという戸口を小さく叩く音がした。妻が戸を開けると、そこには放してきた山羊がいて子犬に姿を変えて訊いた。『これなら飼ってもらえますか?』

妻は夫の機嫌を取り『大きくなったら役に立つから』とかわいがり育てていたが、病気になり半年ほどで亡くなり、妻は泣きながら土に埋めた。

するとその夜、再びトントンと戸口を小さく叩く音がした。そこにはあのかわいがっていた子犬が座っており、アッという間に雀に姿を変え、『わたしは空の上からあなたを見守ります』と言っていなくなった。

翌日より妻が畑にいると雀は近くまで寄って来たり、水汲み場で逃げずにじっと妻の仕事を見ているようになった。晴れた日は、妻の行く先々を上空より追いかけていた。

しかし、ある日のこと、妻の目の前で地に落ちていた実を啄(ついば)んでいたところを雀は大鷹にさらわれてしまった。

ある晩、妻は夢を見た。そこには山羊、子犬、雀が現れ、『戸口に樫の木の種を置いていきます』と言って消えた。朝になり、妻は戸口を見ると本当に一粒の種があったので陽当たりの良い所に種を植え大事に育てた。

歳月を経て、夫は病に倒れ亡くなり、妻は全くのひとりぼっちになった。性分の合わない夫だったが、やはりいなくなると寂しく毎日のように大きく育った樫の木に会いに行き心を癒すのだった。

やがて妻も年老いて歩くのもやっとという年齢になり、樫の木の所まで行くのも大変になった。

その日、妻は気分が悪かったのだが、あまりに風が吹くので樫の木の様子を見に出かけた。

樫の木の下にやっと辿り着くと樫の木が枝を揺らし葉っぱをたくさん落として語りかけた。

『わたしはいろいろなものに姿を変えあなたの前に現れた。あなたは、そのすべてを我が子のように慈しみ見守り育ててくれた。ありがとう、愛する母よ』

その時、突風が吹き妻は倒れた。樫の木は精一杯の力を尽くし多くの葉を妻の上に落とした。

静かに息を引き取った妻の体の上に、樫の木はサヤサヤといつまでも葉っぱを落としていた〉」

わたしが話し終えると、母は喜んでくれた。母はわたしに、

「この話は何を教えようとしているの?」

と訊いた。

「母の子に対する愛情はどんな子にでも無償に与えられ、その絆は深い――という物語だよ、お母さん」

母マリアはわたしを抱きしめてくれた。

久しぶりに故郷の土を踏んだせいか、わたしは少し興奮していた。心を沈めるため外へ出るとアローマと見た夜空の星の瞬きを想い出した。

長い長い旅を終え無事に故郷に帰れたことに深く感謝し、地に跪き祈りを捧げた。

わたしは母の用意してくれた敷物の上に体を横たえた。

明日からどうして生きてゆこうか？　母の話だと農民の生活はかなり厳しいようだ。

船上での決心は変わった。やはりわたしの思想を人々に伝えてゆきたい。わたしが今までに得た知識やヒーラーとしての能力、話術、知恵、透視術、高次元との繋がり、それらを駆使し伝道してゆくのだ。

しかし、今、人々が欲しているのは怪しげな説教師より雄叫(おたけ)びを上げる革命家だろう。強力なローマ圧政の下に喘ぐ貧民は、果たして戦いを望んでいるのだろうか？　何万もの大軍を引き連れ、天より降りてくる救世主を夢物語のように待っているのだろうか？

いろいろ考えるうち、わたしは深い眠りに落ちた。

わたしは夢を見た。

どこまでも続く地平線。向こうに何か眩(まぶ)しいものが見える——。やっと、その場所に辿り着くと大きな穴があり、中から光が放たれていた。わたしは思い切ってその穴に飛びこんだ。

そこで見たものは何も書かれていないパピルスだった。無造作に広げられていたが、そのパピルスは光っていた。白い光をまとっただけの裸の男がせっせとパピルスに何か書いていた。

「何を書いているのか？」とわたしが訊いても、男は顔を上げることもなく一心不乱に書き続け、小さな声で「人……戦い……神」と答えた。わたしは言った。

「果てしないテーマだ。いくらパピルスがあっても足りないだろう。人々は片手に平和の誓約書を掲げ、片手に武器を持っている。

世界のあちこちを切り離し、ここは自分のものだと主張し、戦は絶えることがない。混乱の中、あらゆる駆け引きが行われ、力あるものが相手を征服したあと、敗者に残るのは絶望、憎しみ、復讐心――多くの悲劇が待っている。

戦争とは絶えることのない無知の産物だ」

わたしが話している間もその男は、せっせと書き上げ壺に入れていた。

そして、とうとうパピルスはすべて無くなり男は壺に封を始めた。

「戦争は終わったのかね？」

わたしがそう訊くと男は初めて顔を上げた。

「世界が終わったのだよ」

目のない男は六個の壺に封はしたが、もう一個の壺はなぜかそのままだった。やがて、天よりどんどん砂が降り注ぎ、すべては砂の中に深く埋もれた。

目が覚めてもなぜか夢と思えないほど、心に深く残った。

隠れて蒔く種

懐かしい道をゆっくりと歩いていた。かぐわしい故郷の匂いだ。

小さな男の子が道端で遊んでいた。わたしを見ると手を出してきた。その子は酷く痩せていて目だけが大きかった。ひもじいのだろう。わたしは男の子の手を引いて歩き始めた。

子どもの名はヒロルと言った。少し歩くと野原があり、わたしたちはそこに座った。ヒロルは何も喋らなかった。柔らかそうな草の葉を摘み、わたしは口の中へほおりこんだ。苦味もなく美味だった。特に柔らかそうな幼い葉を選び、ヒロルの手に渡した。ヒロルは、ためらいもなく口の中で味わっていた。

こちらへ歩いて来るヒロルの父親らしき人物が見えた。ヒロルは一目散で父親とは反対の方向へ走って逃げた。父親はわたしの所まで来ると珍しいものを見るようにじろじろと眺め「あんたは誰か?」と訊いてきた。わたしは「マリアの息子イエスだ」と答えると、父親は不愉快そうに「行方知れずのあの息子が帰って来たのか」と言った。

わたしはヒロルにやったように葉を選び、父親に差し出した。父親は「何のつもりだ」と一喝し葉をばらまき、「お前の頭は狂っている」と巨体を揺らせ足元の花を踏み倒した。子にとって至上の食べ物も親にとっては粗末なものらしい。

わたしはゆっくりと立ち上がり、父親の肩に手を置き訊いた。

「あなたには何人の子がいるのか?」

父親はぶっきらぼうに答えた。

「子は三人いるが、さっきの子は親の手伝いもしないし、話すことも不自由だ。大きくなっても何の役にも立たないだろう。……ちょうど今のお前のようにな」

わたしは父親に言った。

「あなたは大きな勘違いをしている。子は親の分身でもなければ所有物でもない。親は子に仕えるのが真の姿だ。と言っても甘やかすのではなく、ひとりの人間として敬い、成長を見守っていくことが大事だ。子の行いのすべては親の責任だと言っても過言ではないかもしれない」

父親はじっと聞いていたが、腕組みをして言った。

「申し分のない良い子に恵まれていようと、親にとって意に染まない子がいようと、どちらにしても親がしっかり育てろというわけだな」

いつの間にかヒロルが父親の横に立っていた。それに気付いた父親はヒロルに優しい口調で言った。

「わたしのかけがえのない息子よ。さっさと家に帰り、草を束ねておくれ」

父親はヒロルが走って家へ帰るのを見ながらわたしに言った。

「親不孝者のお前さんの説教など本当は聞きたくもない。母マリアの苦労をお前は知らないだろう」

ヒロルの父親は去って行った。

草原に一人になると、わたしは寝ころび空を見た。わたしの頬を涙が流れてゆくと、ひとつの物語が頭に浮かんだ。

〈昔、ヤマンナとチラルという男の兄弟がいた。ヤマンナは親思いで、親と土を耕し作物を育て家族を支えていた。一方、チラルは自分の知らない世界を知ろうと一人旅に出た。チラルは、その旅の途中で得た珍しい果実の種を持って故郷に帰って来たが、両親とも亡くなっていた。ヤマンナは貧しい暮らしながらも必死で働いていた。チラルは持って帰って来た珍しい果実の種をヤマンナに内緒で植え、再び旅に出た。数年たつとその種は美味なる実をつけ毎年収

穫は増え、ヤマンナの生活は楽になった。このように隠れてなされる善行は大きな実りをもたらすのだ〉

わたしは自分を慰めるために譬え話をつくってみたが、人々に教えを語る時、むずかしく言うより分かりやすい譬え話を用いたら喜ばれはしまいか？　また、何の意味を持つのか探ろうとして考える力も育つだろう。

ヒロルの父親との会話から、わたしは説教を行うひとつのヒントを得た。

農民との対話

しばらくは、わたしは故郷やその周辺、そして必死に底辺で生きる人々の姿を観察した。圧政に寄る心の歪み、苦しみ、また、律法の必要以上の束縛、権力者の驕り、それ等を目の当たりにした時、わたしの決意は固いものになっていた。

剣を持つばかりが革命ではあるまい。

人々の貧しい心を豊かで高い意識の心へと変え、憎しみあうことより愛し合うことのほうがどれだけ素晴らしいか教えよう。

そして、わたしの学んだ真(まこと)の真理を勇気を持って広めよう。

ひとりの農民志願だった男が危険な道へ歩み始めるのに、そんなに時間はかからなかった。

わたしは鋤(すき)を使い土を耕す農民の様子を見ていた。男は作業中に何度も休んだ。

わたしは皮袋に入れて持っていた水を「飲まないか?」と訊いたが断られた。

「さっきからお前さん何を珍しそうに見ているんだい?」

と男は訊いてきた。

「あなたの働く姿を見ていると実に自然と調和していて、とても、美しい」

わたしがそう答えると男は手を止め、わたしを見た。

「何を気楽なことを言っているんだ。なんでもマリアの所へ帰って来た浮浪者がいるってお前のことか?　あちこちで説教して歩いているという噂も聞いたが……」

「そうだ。その噂の主がわたしだ」

男は畑に鋤を打ち込み立てると、わたしの所へやって来て座りこんだ。

「それでどんな話が聞けますかね……?」

「わたしの考えたことをわたしの言葉で話す」

男が体をゆすって笑うと、胸の汗が滴(したた)り落ちた。

「なるほど。それも良いかもしれない。あなた様が救世主ならばの話だが……」

男は、大きく笑った。

「お前さん。そんなことやっているより働き口を見つけた方が良い。何しろ食ってゆかないといけないからな。税は重いし、なかなか生活がたいへんだ。だが、いつか我々のために救い主が現れる。信じているからこうして辛いこともしのげるのだ」

何かしらその男が眩しく見えた。

「それでお前さんの話って何だ？　聞かせてくれ」

「あなたが働くところを見て思いついた話がある」

そう言って、地に降りて何かを啄む小鳥を指差した。

「あの小鳥は必死に働いている」

男は冷やかに笑った。

「わたしには楽しく遊んでいるとしか思えませんがね」

「いや、この世に生を受けているものはすべて何らかの使命をそれぞれに持ち働いている。そして、すべてのものは繋がりを持って存在している」

男は目をパチパチさせ言った。

「難しい話はごめんだな」

わたしはひとつの譬え話を始めた。

「〈ある所に小さな湖があった。その湖の崖近くで娘が足を滑らせ湖に落ち死んでしまった。それから間もなく、その湖で船に乗り漁をしていた男が誤って船から落ち命を落とした。人々はその湖に近付かないようにした。

その不幸な話も人々が忘れかけた頃、ある漁師が網を打つと面白いほど多くの魚が集まってきた。しかし、あまりの乱獲にさっぱり魚が捕れなくなり、過去の二人の死人のことも意味ありげに語られて、〝死の湖〟と呼ばれるようになった。

しかし、何も湖が悪いのではなく、二人の死は過失によるものであり、魚がいなくなったのは人々が過剰な利益を求めたためだ。

このように人々は自分たちの知恵の無さはさておき、不幸や不運が降り掛かれば他のせいにしてしまう。湖が人を不幸にしたのではなく、人が湖を不幸にしたのだ。

何でも外見だけで判断するのではなく、そのものの本質をよく視ることは大事なことだ〉」

わたしが話し終えると男はぼんやり遠くを見ていたが、力のない声でこう言った。

「お前さんの話しぶりは今まで聞いたことのないような話だ。だがなあ、要は今日をどうして食ってゆくかだ」

わたしはひとりの男が鋤を置き熱心にわたしの話に耳を傾けてくれたことに感謝した。

男は畑地に帰って行き、わたしと話していた時間を取り戻そうと必死で働き始めた。

わたしは大声でその男に言った。

「今日は無理せずに明日耕しなさい。明日は雨が降る。雨の降った後の土のほうが柔らかく深く耕せる」

男も大声で言葉を返してきた。

「おお、ありがたい。預言者さまのお言葉。お話だけでなく雨までも降らせて頂けるのですか」

男は一段と作業を速めた。

わたしは苦笑し、もう一度、空を見上げた。大体、夕方の空を見れば翌日の天気は分かるものだ。

翌日、わたしの言った通り雨が降った。

(恵みの雨だな) わたしは昨日の男のことを想い出していた。

すると、さっそく、昨日の男がやって来た。

「やっぱり預言者さまのおっしゃった通り雨が降りました。昨日忠告通りに手加減して働けば良かった。肩から腰が痛くてたまりません」

わたしは笑いながら男に横になるように言い、ゆっくりと男の体に手を当て痛みを取っていった。

「起き上がってごらんなさい。これで体は楽になったはずだ」

男は言われた通り身軽に立ち上がった。

「ああ、ありがたい。他の者にも教えてやろう。我々に希望を与えてくれる方がこの村に帰って来られたと――」

イエスという鷲

わたしが樵の名を訊ねると、男は「アブラハム」と笑いながら答え、わたしの名も訊いた。

わたしは「イサク」と答え、二人は声を合わせて笑った。

お互いの冗談まじりの自己紹介が終わると、アブラハムは、わたしの目を誉めてくれた。

「何と美しい瞳だろう。緑色に見えるが両親のどちらかが、その瞳の色なのかい?」

わたしは素直に人の良い所を口に出して誉めるアブラハムに好感を持った。

「わたしの瞳の色は光の射し方によって、いろんな色に見える不思議な瞳のようだ。どちらの親にも似ていない」

　お互いの気心が知れたところで二人は仕事に取りかかった。二人は黙々と働き、半日で作業は終わった。伐採した木を二人で積み上げると、その木に腰をかけ長い間、二人とも黙って体を休めていた。

　アブラハムがピーッと指笛を吹くと、どこからか鷲が飛んで来て木の枝に止まり、そのあと、アブラハムのすぐ近くまで舞い降りて来た。わたしが驚いていると、アブラハムは吃(ども)りながら、その鷲と友だちであり、鷲の考えていることが自分にはよく分かり、また、自分の考えていることが鷲にも分かっているようだと、何気ない口調で——吃りながらではあるが——わたしに教えてくれた。

　アブラハム、鷲、わたしの三つの心がひとつになったようで清々しかった。アブラハムは遠慮がちに言った。

「お前さんは、遠い所から帰って来たそうだが……何でもいいから、話を聞かせてくれないか?」

　わたしは小さく頷いた。

「〈ある所に幼くして母親を亡くした子がいた。その子は成長しても、自分の境遇を恨み、呪い、いつも孤独で誰に対しても心を開くことがなかった。アブラハムよ、他人が持っているものを欲しがったり、羨ましがったりするのは無意味なことだ。己の持っている愛は大きく豊かなものだ。今あるべき姿を喜び、愛を惜しげもなく他に与えることが幸福（しあわせ）につながってゆく〉」


鷲が空高く舞い上がり、わたしたち二人を見下ろし飛び去って行った。

アブラハムは、小さな声で言った。

「わたしは、身寄りも無く、ひとりで暮らしています。わたしは、今あなた様のおっしゃったことがよく分かりません。わたしは他に与えるものは何も持ちあわせておりません」

アブラハムとは今日だけの仕事だった。彼と別れる時、わたしはアブラハムに言った。

「アブラハムよ。わたしの本当の名はイエスと言う。あなたの最高の友である鷲にわたしの名を捧げよう。あなたが空にいる友のイエスを呼ぶ時、イエスはあなたの愛を知るだろう。あなたは、かけがえのない愛をイエスに与えている」

第２部
伝道の日々

第4章　洗礼者ヨハネと弟子ペテロ（シモン）

洗礼者ヨハネとの出会い

わたしは荒野に立っていた。そこへ毛皮をまとった大男が現れた。この男が人々の噂の的になっている洗礼者ヨハネだろうか？

辺りには誰ひとりいなかった。わたしは一目見て、ただものではないと感じ平伏し「教えを乞いたい」と言った。

彼は一枚の羊皮紙に描かれた絵を取り出した。絵と言っても丸がひとつと、その周りにうっすらと輪が描かれているだけだった。

「見よ。毎晩のように姿を見せるこの月は何を教えようとしているのか？」

わたしはそこで始めてその描かれている丸いものが月と分かった。

その男は言葉を続けた。

「たとえば、空に浮かぶ月を手中に入れようと真剣に考える者はいない。最初から絶対に無理だと思っているからだ。それと同じで、この世について――世界とも言えるが――真剣に考えている者はひとりとしていない。月を眺めるくらいの気持ちでいる。この世に楽園などというものは不可能だと思っているからだ。それは人が持っている最高の能力である知恵をうまく使わないからだ。つまり、世界の楽園を手に入れることができないのではなく、手に入れようとしないから実現しないのだ。

たとえばだ、ひとつの星をすべての民に敬い奉ることを強制しても、それは平和とも呼べないし楽園でもなく争いごとの種になるばかりだ。そうではないか？」

わたしは平伏したまま聞いていたが、顔を上げ訊いてみた。

「では、どのようにすれば良いのでしょうか？」

「ひとりひとりの心の中にある神性を信じ、日々磨いてゆくことが真に地上に平和をもたらす。それは決して不可能なことではない」

彼は再び月の絵を取り出した。

「空にある月を手に入れることは不可能だと思っているのと同じほど、人々は平和というものをありえない理想と思っている。しかし、すべての民族が己たちだけの利益や欲望を捨て、最大限に知恵を使いこの月の輪のように手を結びあった時、奇蹟は起こる」

わたしは彼の名を訊いた。

彼は笑った。そして空を指差した。

「わたしは遠い遠い星からやって来た。もう、まもなくしたら自分の国へ帰るだろう」

彼はもう一度大声で笑うと川の中へ入って行った。わたしは彼の後を追いかけ川へ入った。するると彼の姿は川から消えて、月の描かれた絵が風に吹かれ川に流されていった。

今のは夢だったのだろうか？

彼の残していった言葉はすべて憶えていた。


川から上がり岸辺に座って一晩過ごした。まだ夜が明けきらないうちに、川の中から昨日の毛皮をまとった男が現れた。

気が付くとわたしの後ろには何人かの男が立っていた。わたしは毛皮の男に「あなたの元で学び教えて頂くためここへやって来た。どうぞ、わたしに未知なることをお授けください」と言った。

彼は近くの森を指差し、「あの森へ行き断食をせよ」と命じ、彼の今からの問いに答えが見つかったら、弟子に加えても良いと厳しい目でわたしを見た。

彼の問いはひとつだった。

「なぜ、お前は今、ここにいるのか？」

朝の光が川の流れに煌めいていた。

洗礼を受ける人々の群れだろうか？　こちらに向かって集団がやって来るのが見えた。

断食に入り何日目かに悪魔が現れた。一本の剣をわたしにうやうやしく差し出した。

「この剣があれば、あなたの思うままの王国が築けます。どうぞお受け取りください」

わたしがその剣をよく視ると、剣先がわたしの方に向けられていた。

「剣の先はその剣の柄を持つ者に向かってくる。わたしはそんな剣で築いた王国は要らない」

二人目の悪魔は今までに見たこともないような大きな角笛を高く持ち上げ、わたしに差し出した。

「この角笛があれば、み使いの大軍団を味方にすることができます」

その角笛が土でできていて、もろく崩れてゆくのが視えた。

「角笛が無ければ動かないような大軍団は要らない」

最後に現れた悪魔は、わたしにそっくりな人物をわたしの前に立たせた。

「この人物はあらゆる能力に優れ、あなたの代わりとなり働きます」

わたしの前に鏡が置かれているのが視えた。

「たとえわたし以上の働きをしたとしても、わたしでないのなら何の意味もない」

悪魔がすべて消え去った後、凄まじい轟音が耳に鳴り響いた。

「お前は何のためにこの地上にやって来たのだ？　平和をもたらすためではないのか？」

わたしは答えた。

「わたしは平和をもたらすためにやって来たのではない。『平和を』と叫ばなくてもよい世界にするために来た。平和は人の尊厳を守り、生活において礎（いしずえ）となるべきものだが、それに一番必要なのは人々の意識だ。その意識を高めるためにやって来た」


ヒマラヤのアローマの下（もと）で行った断食に比べれば、苦難を伴うことは少なかった。わたしは森を出た。

わたしが洗礼者ヨハネを探して川岸を歩いていると、多くの人々がヨハネから洗礼を受けようと順番を待ち並んでいた。

わたしも人々の後ろに立ち、その時を待っていたが、ヨハネはわたしを見つけると顔色を変えて小走りにやって来た。

「わたしの問いに対する答えは見つかったのか？」

わたしは軽く頷き川の深い所まで行くと川の中に沈み、長い間じっとしていた。

すると、川の中のわたしの頭の上にヨハネの手が載せられ、わたしの両手がヨハネによって引っ張り上げられた。

わたしは呼吸を整えると言った。

「あなたによって浄められるため今ここにいるのです」

わたしはヨハネの下で多くのことを学んだ。それはヨハネの持つ絶対的自信と信念、何をも恐れぬ勇気、人々に与える新しい道のあり方などであった。

しかし、わたしはヨハネに服従していても、わたしを見失うことはなかった。

シモン弟子となる

わたしは湖のほとりに立ち、二人の漁師が網を打っているのを見ていた。

そこへひとりの女が現れてわたしを観察し始め、不審感をあらわに訊いてきた。

「あの二人に何かご用がおありでしょうか？　わたしはあの二人の兄弟の母親ですが……」

「わたしと一緒に歩く者を探している」

そう答えると、母親は悲痛な声を上げた。

「シモンは、やっとわたしの元に帰って来た息子です。わたしは息子と離れたくありません」

「それはどういうことなのですか?」

わたしの問いに、シモンの母親は語り始めた。

「シモンは十代の頃、行方が分からなくなったのです。ある人の話によると『若い男とどこかへ行くのを見た』ということでした。ずいぶんと探しましたが行方は分かりませんでした。わたしは何でも見通す力があると評判のラフマという老人の所へ相談に行きました。『シモンは元気でいる。必ず帰ってくる』わたしはラフマの言うことを信じ待ちました。それから十年も経ったある日、わたしの目の前に見知らぬ若者が立っていました。

『お母さん、シモンです。分かりませんか?』

わたしは逞しく成長した息子を抱きしめもう二度と離さないと誓ったのです。シモンはどこで何をしていたか全く話してくれませんでしたが、ただこういうことを言いました。『夢を見たんだよ。光輝く方が夢に出てきて、いつか偉大な方がシモンの前に現れるだろう、故郷に帰り、その方を待ちなさい、と言われたよ』と。ひょっとしたら、あなた様のことなのでしょうか?」

わたしと母親が話していると、二人の兄弟が漁を終え近くに立っていた。わたしはゆっくりと二人の前に行きこう告げた。

「人々は窮地に陥った時、自分の無力を嘆き悲しみに暮れます。わたしはそういう人々の心を救うためにやって来たのです。自らの心を敬い信じることが神と繋がる道であり、人々が自分に向ける愛を周りにも変わらなく与えることがどんなに素晴らしいかを伝えるためにやって来たのです」

シモンは網と道具を下に置いた。

「さあ参りましょう。待っておりました」

シモンはわたしの横に立った。

呆然と立ち尽くす母親にわたしは言った。

「今日からこの兄弟は網で魚を引き上げるのではなく、言葉で人の心を掬い上げる者となるだろう」

わたしは親しみを込めてシモンをペテロ（＊注）と呼ぶようになった。

（＊注・ペテロ——キリストがバルヨナ・シモンにつけたあだ名で、その意味はギリシャ語で「岩」）

自画像

伝道を始めて間もない頃から、わたしが話し始めると、わたしの話を先導したり、補足したりしてくれる〝声〟が聴こえるようになった。

その〝声〟は誰にも聴こえずわたしにだけ聴こえた。

ある時、譬え話を始めたが、わたしはその話の展開どころか結末など全く知らなかった。すべて〝声〟の言うまま話を進めたが、布石の打ち方、流れ、結末など、素晴らしい内容だった。

話し終わると、ペテロが寄って来てわたしを称賛した。わたしは正直に〝声〟のことを打ち明けると「やはり師にはたいへんに力のある方が付き添っておられます」と感心したように言った。

わたしはそのうち〝声〟と会話ができるようになったが、その言葉は何語なのかさっぱり解らなかった。ただ、内容は心で感応し理解することができた。

わたしの髪の毛は肩くらいまでだったが、モジャモジャと豊かにあり、背も高く体格も良かったためか鳥がよく頭の上や肩に止まった。一度に二、三羽くらい止まる時もあり、わたしの話より人々の関心がそちらへ集まることもよくあった。

わたしは人々との間に距離感を持ったが、それは適度な緊張感があった方が良いと考えたからで、威圧的な態度をとることはなかった。わたしは〝人〟が好きであり、人々の話によく耳を傾け、それぞれの生活をよく観察した。

ちょっとした冗談や皮肉も嫌いではなかった。

また、質問に対しても、その人に応じた答えをした。

ある人は訊いた。

「わたしには何も良いことが起こらない。いつになったらあなたの言う〝幸い〟とやらが訪れるのか？」

わたしはその男の背を撫でて言った。

「もうあなたの背中まで来ています。ただ、あなたの中に入る入口が見つからないのです。あなたの〝幸い〟があなたの中に入れるよう心を広く明るく皆と仲良く暮らしなさい」

別の人も同じようなことを訊いた。

「わたしの〝幸い〟はいつやって来るのでしょう？」

わたしは答えた。

「〝幸い〟はやって来るものではありません。親鳥がじっと卵を温め雛にかえすように、自分の中で育てるものです」

このように、その人の性格に合わせ、生き方を応援するよう心懸けた。

鳥の歌を聞き、花に話しかけ、雲に呼びかけ、人々と言葉を交わし、ペテロたちが不明に思っていることは後でゆっくり教えた。

しかし、わたしがいつも言っていたのは、わたしの話の内容そのものより、相手の話に耳を傾け己の心を広く豊かに持とうとする心構えが大切だということだった。

熱い道にころがっているりんごを
小鳥が啄んでいる。

小鳥よ。
なぜ悲しみを味わっているのか？
そこはわたしの歩く道だよ。
早くその道から飛び立ちなさい。
翼を天空に広げ
ひかり満つる国に向かって。

第5章　それぞれの持つ幸福の器とは？

一艘の船

会堂を入ろうとすると、わたしの足元に大きな黒い影が視えた。これは誰の影なのか？　後ろを振り向いても誰の姿もなかった。遠くで賑やかな声がする。祭りの準備だろうか？

ふと、母マリアのことを思った。母にはわたしが帰郷してしばらくしてから、次のようにわたしの気持ちを伝えた。

「これから、お母さんがわたしのことで見聞きすることは夢でも幻でもありません。だけど、お母さんにとって両方であって欲しいと願う時が来るかもしれません」

久しぶりに会った母はずいぶんと老けたように見えた。そんなわたしのまなざしに気付いてか母はわたしの手の中にそっと菓子を握らせた。まるで幼な子に接するように——。母は言った。

「どんな時でも不運は付き物です。逃れようとしてもどうにもならない時もあります。でも、お母さんにはあなたを助ける力はありません。あなた自身で道を切り開いてゆきなさい。あなたが十二歳の時、言った言葉があります。『人の考えていることがよく分かる』と。お母さんはそれを聞いてこう言いましたね。『それは決して好ましいことではありませんよ』と。他人の心は分からない方が良い場合も多くあります。特に人の隠しごとを興味本位に暴くようなことがあってはなりません」

「全くお母さんの言う通りです。しかし、目の前に溺れかかっている人をそのまま見過ごすわけにはゆきません。そのためには必要とあらば、人を助ける舟となれるよう努力してゆきたいのです」

母は涙を浮かべわたしに訴えた。

「あなたはどんな大きな舟で人々を助けようなどと考えているのですか？　あなたひとりの力など知れています。それより、小舟で救いの手を差し伸べてゆく方が安全です」

わたしには母の思いが痛いほどよく分かった。どんな母親でも子の平穏無事を願わない者はいないのだ。

母の前ではわたしは何と無力だろうか。母の握らせてくれたビスケットはわたしの手の中で少し溶けかかっていた。わたしはゆっくりと口の中でビスケットを溶かしてから飲みこんだ。それは昔からのわたしの癖だった。懐かしい母の味がした。

大きな黒い影はわたしが会堂の中に入るまでついて来た。中では礼拝が行われていた。

（論争では勝つかもしれないが、相手を承服させるだけでは空しいことだ）

そんなことを考えながら辺りを見回すと男の声がした。

「お待ちしておりました。どうぞこちらへ」

奥の方へと案内されると、わたしは椅子に座るが早いか話を切り出した。

「何のご用でしょうか？」

「いや、たいしたことではないのですが……少しばかりお訊きしたいことがありまして……」

「何でしょうか？」

ちらっとさっきの影が動くのが視えた。

「聞くところに寄りますと、あなたは貧しい者はお金が無ければ税など払わなくてもよいなどとそそのかしておられるらしい。あなたはご自分の言っておられることが分かっておられるのか？」

「その話ならこうです。貧しい者の背に大きな税が乗りかかり、ますます貧しい者は動けなくなり払えないと言ったのです」

「どちらにしても同じことだ。あなたは法に抗うつもりか？」

「払えないものは払えない、というだけの話です」

「しかし、義務というものがありますぞ。守らねば秩序も保たれない」

「民の犠牲の上に成り立つ法など民を守る法とは言えない」

穏やかに話していた男は紳士的な態度を一転させ、攻撃的な態度に変わった。

「お前は何という無謀なことばかり言うのだ。税は平等に課せられている。お前の主張していることは罪になるということが分からないのか？」

わたしは立ち上がり言った。

「では、お訊きしますが、あなたは何の罪も犯していないとでも？」

「当たり前だ。お前みたいな馬鹿げたことを言ったりしない。お前はそこいらの偽（にせ）救世主と同じだ。人々を混乱させるだけの男だ」

わたしは彼の足元を見た。さっきまで視えていた大きな影は消え、天井に彼の今までの生き様が次々と視えた。それは利己的な生き方に徹し、利益ある方に常に味方し私腹を肥やしてきた男の姿だった。

わたしは言った。

「人々は過去世において何らかの罪を持っている。あなたが地上に生を受けた時、魂は、そのことをよく憶えていて贖（あがな）おうと努める。また、人々は生きてゆく上で罪と思わず罪を重ねている。そんな生活の中でも救いの手は差し伸べられている。たとえ、どんなに人々が感謝と恩義を忘れていたとしても」

わたしは彼から少し離れて座り、話を変えた。

「わたしが鶏を飼っていたとする。鶏は自由もなく、会話できる言葉もなくできることと言えば自らの身を捧げることだけだ。貧しい人々もこの鶏と同じように苦しんでいる」

男は怒りを押さえ静かに訊いた。

「このわたしを子供扱いするのか。では訊ねるが、お前は自分ひとりの力で多くの民を豊かにできると言うのか？」

「それは分からない。しかし、わたしだけでなくあなたも人を救える可能性を秘めている。わたしの辿ろうとしている道は、弱い人間を踏みつけ豊かな生活を得るための道ではなく、今、人々が失っている真（まこと）の心を呼び戻すための道です。すべての人々は神へと繋がる道を持っており、各自の魂はそのことを知っているのです」

「今まで聞いたことのないような話だ」

男の目が真っ直ぐにわたしを見ていた。わたしも彼を見詰め返し言った。

「もし、あなたがわたしと一緒にその道に灯（あか）りを掲げてくれるなら、わたしは草を抜き、石をどかし、多くの人々が通れる道をつくるよういっそうの努力をしましょう」

気がつくと男の頬に一筋の涙が流れていた。そして、その日から彼はわたしの信奉者となった。

帰り道、わたしは母が語っていた一艘の小舟を彼と重ねていた。

湖上には月灯りが
一艘の小舟を照らす。
ゆらゆら揺れる小舟に
今、金の器が投げこまれた。

うつろう小舟には
銀の鎖が繋がれている。
その鎖を揺らすのは
時という勝負師だ。

一陣の風が吹き
ひっそりと沈みゆく小舟。
光も届かぬ湖の底

金の器を静かに載せて。
空を飛ぶ鳥が知らせる。
「湖底に金色の光るものが見える
銀の鎖を引っ張り
沈んだ小舟を救え」

湖に浮かぶ多くの小舟の中を
わたしの小舟も進む。
湖底より、その一艘を救うため
晴れやかな友情のもと。

ひとつのパンを分けあって

人里離れた場所で休んでいると、わたしと弟子を追いかけて多くの人々がやって来た。

人々の顔は汚れ、身なりも貧しかった。わたしは人々の顔を見回し、あまり込み入った話はしないよう心がけた。

「一日の労働は一日のパンで足りるだけにしなさい。無理をして体をこわすほど働かないようにしなさい。人は働くために生きているのではなく働く喜びを味わうために生きているのだから」

弟子に袋の中からあるだけのパンを取り出させた。七つのパンがあった。三人ずつ集まり――一ヶ所四人のところもあったが――一つの輪に一つずつパンを与えた。

一つのパンを分けあい、譲りあい、思いやって食べることが心に反映し、お互いへの愛が育っていくことを話した。

希望の手

数人の女の子が道端で遊んでいる所に通りかかった。

わたしはその中の一人の女の子の頭に手を置き（幸いあれ）と心の中で祈った。弟子たち一行は何気なく、わたしの様子を見て通り過ぎた。

それから、二ヶ月くらい経った頃、また、その道を通りかかると、この前わたしが頭に手を置いた女の子が一人遊んでいた。わたしを見つけると走って来て、左手を差し出した。弟子たちは驚きの声を上げた。女の子の左手首から先が無かったからだ。その時始めて弟子たちはわたしがその女の子の頭にだけ手を置いた理由を知った。

わたしは女の子に言った。

「あなたの左手は無いのではない。誰の目にも見えないだけだ。わたしには視える。そして、右手は必死に左手の分まで働こうとしている。わたしに視える左手は感謝し、あなたに大きな希望を持たせようとしている。あなたの左手は希望の手だ」

あなたが命の悲しみを
隠している時
希望の星は
あなたの足元で小さく光っている。
燃えあがる山を
怖れることはない。

木々が赤い葉を
揺らしているだけだ。

あなたが命の悲しみを
掲げながら歩き出す時
希望の星は
あなたの足元を大きく照らすだろう。

殻を破ってこそ平和

ガリラヤ湖畔のある村で、わたしは次のような話をした。

「カエルの姿を見て誉め称える者はいない。しかし、カエルは必死で生きている。そしてカエルだけでなく、他の動物や植物もわたしたち同様に尊い命を授かっている」

わたしはひとりの男の前に立った。

「あなたの小屋には余りあるほど多くのものが蓄えられている。あなたは人々に分け与えるべきだ。そうすれば、小屋には次の新しいものが入る。人々は仲良く助け合い、支え合い生きてゆくことが大切だ。

また、人々は平和を願うと言うが、平和は願うためにあるのではない。平和というものを卵にたとえるとよく分かる。卵は見ただけだと丸く収まっている。その卵が用を為すためには殻を打ち破らなくてはならない。平和というものもこれと同じで外から見ているだけでなく、その中の実態をよく見て平等に人々が享受しなくては平和とは呼べない」

母親に手を引かれた女の子がわたしに近付き、わたしに抱かれたがった。わたしはその女の子を胸に抱き上げると純真な魂に心打たれた。

健やかなる者は、それだけで愛と癒しを与えてくれる。女の子は空を飛ぶ鳥を指差した。

「鳥と友だちになりたいかい？　鳥に伝えよう。友だちになってくれるように」

わたしは女の子の目を見詰め言った。すると、偶然にその鳥が近くに舞い降りて来た。わたしは女の子に言った。

「『これから、いろんな姿になって遊びに来るよ。友だちになったのだから』と鳥が言っているよ」

わたしは女の子を母親の元に返した。

弟子たちは皆が真剣な顔をして、わたしと女の子を見ていた。

ペテロが勇気を出してわたしに進言した。

「ひとりの子に費やす時間があるのなら、集まった大人に教義のひとつでも示すべきです」

「そうかなペテロ。わたしの言葉に真剣に耳を傾ける者がいるなら、それは子どもであろうとも気持ちを込めて話す。わたしの話を曲解して受け取めてもらうより純真なひとりの聞き手がわたしを喜ばせる」

母と子の愛

小さな村で母親が子を連れて、わたしの話を聞きに来ていた。その時、わたしはそれを見て「心の持ち方」、「母と子」について話をした。

「心に灯りを点して生きてゆくことにより解決することは多くあります。心に灯りを点すとは分かりやすくいうなら、まず自分を放棄してみることです。執着していたものをすべて手放し〝自分〟をまず無くしてみるのです。何も無くなった自分の心にあなたが一番大事だと思うことを見つけ置いてみます。それが灯りです。どんな小さなことでも、人から見たら取るに足らないことでも構いません。あなたが必要以上に厳しくしていたり、追い詰めていたりしていた自分の心に赦しを与えるのです。そのひとつの灯りがあなたの心を大きく照らしてくれます。人は心の持ち方次第で幸福(しあわせ)な気分にも不幸な気分にもなるのです」

「次に母と子についての譬え話をします。

〈山羊の仔が生まれたのですが、一向に母山羊の乳を飲もうとしません。そのうち段々と痩せ細ってゆき、とうとう死んでしまいました。母山羊は気が付きませんでしたが、仔山羊は目が見えなかったのです〉

この譬え話は短いお話ですが、大事なことを教えています。それは、外から見ているだけでは、なかなか分からないでしょうが、子は母親の気付かない所でどんなに苦しんでいるかもしれません。子の心に入ってゆく勇気を持ち、子が何の苦しみを受けているか知る努力をすることです。子はあなたという母親を選びこの世に誕生したのです。母親であれば自分のこと以上に子に対し心を砕き、守り育ててゆく義務があります。母親は自分の命が果てる時まで決して子の手を離さないようにして、いつまでも繋がっていることです。これを〝愛〟と呼びます。

また、親が子に教えておくと良い習慣があります。

恐れの気持ちを持たず、どんな時でも希望を手離さない。何に対しても一からやることを心掛ける。知識に頼らず、自然からも多くのものを学ぶ。自分にとって不利益と思えることも粗末に扱わない。

以上の教えの他に、自分自身を強く育てる勇気や友愛精神が必要であることは言うまでもありません」

一日の終わりに
目は、今日の哀しみを
掬い上げようとする。
手は、今日の喜びを
想い出そうとする。
呼応し合う目と手は
明日を生きるため
ささやかな希望の眠りにつく。

ぬかるみを歩く人

夕暮れ時のことだった。

弟子たちは静かにわたしの話を聞いていた。

「あなたはどのようにこの世を荒らしているのか？」

とひとりの弟子に訊いた。

「わたしはこの世を荒らしてなどおりません。自分自身あらゆることに心を砕き、人々が平和に暮らせることを願っております」

わたしはその弟子の所へ行き足元に跪いた。

「足を清めなさい。今すぐに。あなたの歩いて来た道は、ぬかるみばかりだった。あなたはそれに気付かず汚してきたのだ」

その弟子は納得いかない顔で言った。

「わたしはどうすれば良いのか分かりません。分かったとしても容易なことではないと思います」

わたしは両手でその弟子の足の裏から膝まで、ゆっくりと洗うように光で撫でていった。

「人は知らず知らずのうちにぬかるみを歩いているのです。自らを省み(かえり)て謙虚な足で歩くことが大切です。そして、ぬかるみを歩いて来た人を裁くのではなく赦し、足を汚さない道があることを教えるのです」

幸福の器

「師よ、今日はどんなお話をなさいますか?」

ペテロは陽気にわたしに訊いてきた。

心が洗われるような青空だ。遠くまで足をのばしてみようと急に思いたった。一緒に連れだってゆくのも六人だから何となく気も楽だった。

小さな村に着くと子どもたちが何人か遊んでいた。

「面白いお話をしてあげよう」

子どもたちに声を掛け木陰の下に連れだって行き、まあるくなって座った。

わたしは子どもの中で一番幼い男の子を膝の上にのせた。遠くから犬が走ってこちらへ来るのが見えた。その犬はわたしの所へ来ると膝の上の男の子の顔を舐めた後、わたしにぴったり寄り添い特等席を取った。

そうしているうち、子の親や大人たちがどんどん集まって来たのでわたしは話し始めた。

「〈ある所に羊飼いとその子――まだ少年だった――がいて、父親は少年が幼い頃から羊の世話をさせたり、羊にもいろいろと性格があることなど細やかに教えていた。

ところがある時、ヨナという名の羊が水飲み場から少し離れた場所で死んでいた。父親は少年に理由を訊いたが、少年には羊の死んだ理由が全く分からなかった。少年は二度と羊から目を離さないよう今まで以上にしっかりと羊の世話をした。ところがしばらくして今度はタムという羊が死んだ。二匹とも少年が特に世話をしていただけにとても悲しんだ。父親はいろいろ原因を確かめようとしたが分からなかった。しかし、それから後、他の羊は丈夫に育ち何の問題もなかったため、少年は死んだ羊のことはすっかり忘れていた。

ある夜、少年は夢を見た。死んだ羊のヨナとタムの夢だった。二頭は少年に教えてくれた。

『気を付けてください。わたしたちが食べて死んだ質(たち)の悪い草がまた生えています。その草は毒を持っています。小さな草ですが葉の裏が赤いので分かります』

あくる日、少年は探し回りその毒草を見つけ引き抜き父親に報告した。そして、二度とその毒草が生えないよう気を付けた〉」

わたしが話し終えると犬は大欠伸（あくび）し、膝の上の男の子はいつしか母親の腕の中にいた。

わたしの話を聞きに来ていた人々はいろいろと感想を述べてくれた。

「小さい頃よりしっかりと働くことが大事だってことだ」

「少年が羊に愛情を持って育てていたから夢で教えてくれたんだ」

「父親の良い教育は子どもを役に立つ大人にするって話だな」

わたしは言った。

「毒草の種はどこに生やしてもいけない。しかし、その種はどこから飛んでくるか分からない。生えているのを見つけたらすぐ根っこから抜きとり増やさないことだ。つまり、自分の心も同じだ。悪い種が飛んで来ないよう終始見張り、悪い芽を見つけたらすぐ抜くことが大事だ」

弟子のアンデレが、

「まだ帰るには時間があります」

と太陽の位置を眺めわたしに告げた。

子どもたちはひとりの男の子を残して、遊ぶために散って行った。大人たちはわたしがまだ何か話すのを待っているようだった。

わたしは少しの間をおいて、再び話し始めた。

「遠い国のある王女と一人の平凡な男の話をしよう。

〈その王女は大変な宝石好きだった。ある時、王女は王宮の中で美しい金色の目をした蛇を見つけた。あまりの美しさに王女は蛇の後を追いかけ川のほとりまでやって来たが、蛇は草叢に隠れて見失ってしまった。しかし、王女はまたもや、川の中に美しく光る青い石を見つけた。

『何と素晴らしい青色。わたしの持っている宝石にはない色だわ』

王女はその石が欲しくてたまらなくなり川の中へ入っていった。ところがその川は結構な深さがあり王女は溺れてしまった。

王女の様子を窺っていたひとりの男は、そのありさまを見て川に飛びこみ王女を助け上げた。

王女はしばらく荒い息をしていたが、すぐ元気を取り戻し男に命じた。

『川の底にあるあの青い石が欲しいのです。取って来てください』

王女の指差す川底には確かに青く光る石があった。男は何度も川に潜り、とうとう石を手に入れ、うやうやしく王女に捧げた。

王女は差し出された石を見て思った。（この石が川にあった時は、この世のものと思われないほど美しく見えたのに、こうして手の上で見ると何とありふれた石でしょう）

しかし、王女はその思いをおくびにも出さず、男に向かって気取って言った。『助けていただいたお礼に、この大事な青い石をあなたに差し上げましょう。あなたとわたしの今日という日の記念として――』

男はその青い石を一生大切に自分の傍に置いた。王女を助けた誇りと、石をくれた時の王女の言葉を宝石のように思って――〉

この話はひとそれぞれが持つ幸福の器をあらわしている。王女の持つ大きな幸福の器は空っぽだ。片や、男の幸福の器は小さくとも満たされている。

信じようではないか。人々の幸福の器がすべて満たされる日の来ることを」

わたしは話し終えると跪き祈りを捧げた。

「あの男は何者なのか?」という声があちこちから聞こえてきた。

わたしが帰り仕度を始めていると最後までわたしの話を聞いていたひとりの男の子がわたしに話しかけてきた。

「さっきの羊の話だけど、ヨナとタムは毒草を食べて他の羊はなぜ食べなかったの? 何となく変な草って分かったから食べなかったのかな? それとも、ヨナもタムも運が悪かっただけなのかなぁ……」

わたしはこういう質問が大好きだ。

「そうだね。ヨナもタムもそれが毒草だと分かっていて他の羊に食べさせないようにしたんじゃあないのかな」

とわたしがいうと、少年は、

「羊にも賢い羊がいるってことですね」

と明るく笑った。そして続けて訊いた。

「人は悪いこともしていないのに怪我をしたり、思わぬ病気になったりすることがあります。なぜでしょうか？」

わたしは少年の利発そうな目の輝きを見ながら、心を込めて話した。

「人はこの世に生まれてから死んでゆくまでいろいろなことを経験する。それこそ思わぬ場所で転んだり、思いもかけず大きな病気をしたりする。それは、その人に与えられた罰ではなく経験だ。多くの経験をすることにより、その人の心は磨かれてゆき、自らを助けることができるし、他人に対しても愛情を持つことになる。痛みというものは自分が経験しないと実際、他人の痛みなど分かるものではない」

「ありがとうございます」

少年は礼儀正しく礼を言ってから、わたしの衣服の破れを見つけこう言った。

「きれいな衣服を着ている人が偉いとは限らないのですね。こんなに大きな穴のあいた衣服を着ていても、先に人の心の破れを繕ってくださるような方なのですね」

わたしは笑って少年を抱きしめた。


アンデレが「そろそろ出発します」と声を掛けてきた。

帰り道で、わたしの少年時代に話が及んだ。

「師の少年時代はさぞや利発な少年だったことでしょう」

「わたしは幼い頃、ほとんど話せなかった。まるで唖のようだった。人から馬鹿にされ、頭がおかしいとさえ思われていた。年子(としご)で生まれた弟の方が自分を表現するのは上手だった」

そう言うと、皆一斉に驚きの声を上げた。

「人は変わるものなのですね」

ペテロは敬うようにわたしに言った。

「わたしも師のように、今からでも上手に話ができるようになるでしょうか？」

アンデレが、

「無理な話だ」

というと皆は笑いに包まれた。だが、わたしは笑わなかった。

「ペテロ、人に何かを伝えるのに言葉というものはとても重要な働きをする。たとえ、拙(つたな)い話し方でも気持ちを込めて話せば、言葉は力を得て相手に届こうとする。ペテロよ、今からでも遅くはない。人々の前で情熱を持って話をする時が必ずやって来る。憶えておきたまえ」

開かない袋

少年の瞳は、この世の哀しみをすべて吸い取ったように暗く沈んでいた。

わたしは少年に言った。

「あなたの母を呼んで来なさい」

しばらくすると少年と母親が家の中から出て来た。

「何のご用でしょうか？」

母親は腕組をしてわたしを迷惑そうに見た。

「息子に盗みを働かせるのは止めなさい」

母親は飛び上らんばかりに驚いた。

「なぜ、そんなことが分かるのですか？　そのようなことはさせてはいません」

「もう一度お願いする。息子に正しい道を歩ませなさい」

空の高い所で鳥が鳴いた。

「あの鳥を見なさい。あなたたちがやっていることをすべて見ている」

「わたしたち親子がどう生きようと、あなた様にも鳥にも関係ありません。貧しい者には貧しい者の生き方があるのです」

わたしは袋を母親の目の前に差し出した。

「この袋の中にはお金が入っている。あなたにあげよう」

母親は目を輝かせた。

「おおー、あなた様は神のお使いなのですね」

わたしの手から母親は奪い取るように袋を引ったくった。

わたしが立ち去った後、母親はその袋の口を開けようとしたがどうしても開かなかった。

母親は悪態をつきながら、路上にその袋を投げ捨てた。すると、袋の口が開き硬貨が飛び散り人々がこぞって拾い、散り散りに去って行ってしまった。

母親は呆然としながら、わたしが去り際に言った言葉を思い出していた。

「この袋の中のお金は自分のためだけに使おうとしても開かない。あなたが心を清く持てば袋の口は簡単に開き、多くの人に喜びを与えるだろう。コツコツと働きお金を得れば、あなたのお金はよく言うことを聞き、良い働きをする。邪(よこしま)な心で得たお金はあなたを嫌い離れようとする」

弟子との夜話

弟子たちと夜に集まり、外で人々に話すように気を使うのではなく、気楽に教えを説くことはわたしにとって楽しみでもあった。

ペテロが訊いた。

「師よ、人はどのように生きていったら良いのでしょうか？」

「人は己のためだけに生きるのではなく、己以外のためにも力を尽くすべきだ。そして、愛というものはすべてに降り注いでいる。まずはそれを知るべきだ。ひとつの譬え話をしよう。

〈ある国の王の物語だ。王は民より多くの税を取り立て豪華な宮殿を建て贅沢な暮らしをしていた。特に宮殿には、あらゆる細工を施し庭園にも四季折々の花を咲かせ、それは見事なものだった。ただ、その庭園には泉が無かった。庭のあちこち掘ってみたが泉の湧き出る所は無かった。王は国中の知恵ある者を集め自然で美しい泉を造る方法を訊いたが、満足のゆく泉は造れなかった。そこへ襤褸(ぼろ)をまとった男が現れて言った。

『王様が宮殿の庭に泉を造ろうとするから無理なのですよ。あのセナ山の麓に行ってごらんなさい。それはそれは素晴らしく美しい泉があります』

王はさっそく、その泉を見に行き一目で気に入った。王は多くのお金を注ぎ込んだ宮殿を捨て、泉の近くに小さな家を建て移り住んだ。王の位も捨て民と共に土地を耕し、自然溢れる中で民と共に幸福な国を造った〉」


じっと聞いていたピリポが言った。

「なるほど分かりやすい話だ。しかし、生きてゆくのに愛と恵みを信じ、そればかりに頼って生きてゆけるだろうか？」

わたしは頷き、もう一つの譬え話をした。


「〈ある農家の娘が川で野菜を洗っていた。その後ろをオオカミが通って行った。娘は全く気付かなかった。それを遠くで見ていた父親が娘に『今、お前の後ろをオオカミが通って行った。何事もなくて良かった』と言った。娘はそれを聞いて『まぁ、それはよほどわたしに魅力が無いということです。今度出会ったらわたしは笑いかけてみましょう』と驚くようなことを言った。父親は娘の冗談と思い笑ってすませた。

数日後、娘が川で洗い物をしていると、また、オオカミが娘の後ろを通りかかった。娘は気付き振り向いてニッコリ笑った。オオカミは驚き走って逃げた。家に帰り娘が父親にその話をすると、父親は呆れ返り娘に言った。『何て娘だ。下手するとオオカミに食べられるぞ』娘は言い返した。『お父様はいつもわたしに言って聞かせるではありませんか。誰に対しても優しく親切に広い心で接しなさい』と。父親は、この従順なる娘に次のことを付け加えた。『人の仮面をつけた獣もいる。いつも愛のある態度で人と接するようにと言っても命を奪われるような人を相手にしてはいけない。相手がお前に何を求めているか見極めるのは必要なことだ。最初から疑ってかかるのは決して良いことではないが、見極める力は大事だ。命というものを軽く扱ったり、魂を簡単に汚してはならない』〉」

居眠りをしていたペテロが起きてきた。所々わたしの話を聞いていたらしくこう言った。

「オオカミも王の人柄には食欲を失うのですな」

一同は大笑いした。

次にゼベダイの子ヤコブが訊いた。

「国同士がうまくやってゆくにはどうしたら良いのでしょうか？　やはり武力でどちらかが押さえ込むしかないのでしょうか？」

わたしは答えた。

「国同士の関係はとても繊細で、相手を敬いながら親交を深めるのはそんなに容易（たやす）いことではない。国と国との付合いはひとつの川を挟んで、こちらの岸にある岩とあちらの岸にある岩のようなものだ。

人は二つの岩に橋を架けお互いの国と親交を結ぼうとするだろう。わたしなら、二つの岩を並べる。橋は架けない。橋はいつ朽ちるかもしれないし危険だ。

国についてだけでなく、人についても同じことが言える。人と人との間に橋は要らない。寄り添えば良いのだ。見せかけの平和の橋を造ったり、いつ断ち切れるかも分からぬ橋を架けることより、相手の懐（ふところ）に飛び込む勇気と気概、熱情を強く持つのだ。但し、それに至るまでに相手の本質をよく洞察することに手を抜いてはいけない」

平和について

ある晩、わたしは弟子たちと「平和」について話をしていた。

弟子の一人が訊いてきた。

「平和とはどのような状態のことを言うのでしょうか?」

わたしは答えた。

「譬え話をするなら、ある人が使っている井戸に水が無かったとしよう。他の所へ水を借りに行く。これは平和な状態とは言えない。各人の井戸において、なみなみと水が湛えられ不自由のない状態が平和である」

弟子は重ねて訊いた。

「剣についてはどうお考えでしょうか？」

「それは神に背く道具だ。剣の持つ秘密を教えよう。剣を使う者は自らの命を剣によって滅ぼされる。剣が狙っているのは、それを持つ人の命だ。これが剣の正体だ」

他の弟子が訊いた。

「師の使命として、この地上に平和をもたらすために来られた方なのでしょうか？」

「いいえ。そうではない。権力の支配下における見せかけの平和などのために来たのではない。わたしがやって来たのは弱者を守るため、言論の剣を働かせるためだ」

ここで譬え話をしよう。

「〈家庭において家族同士が言いたいことがあっても言うべきを言わず、表面は平和な家庭と見せかけていたが、心の底では憎み合っていたとする。こういう状態にあっては、真の幸福（しあわせ）な家庭とは言えない。自分の思うことを素直に話し、相手を敬いながらも間違った行いは正してやる。家庭というひとつの国の中で言論の剣を使うことも必要なのだ〉」

わたしが話し終えると、目の前に凄まじい殺戮(さつりく)の場面が視えた。人々は見たこともない衣服を身にまとい、空からの飛行物体に逃げ惑っていた。やがて、飛行物体から大きな光る玉が地上に落とされ、多くの人々が地を這いながら死に絶えていった。

いったい、わたしの視たものは何だったのか？　どこからか声が聴こえてきた。

（人の犯す一番愚かな行為は戦争だ。

彼らは耳を持っていながら、相手の言うことなど聞こうとしない。

目を持っていながら現実を見ようとはしない。見るのは自分の財布の中だけだ。

口を持っていながら勇気を持って相手と本音で話し合うことをしない。

そして、誠に遺憾なのは、素晴らしい知恵を生みだす頭脳と尽きることない豊かな愛情をすべての人が持ち合わせていながら、それを知らないことだ）

お金の正体

わたしはひとりの弟子に頼んだ。

「キエロ、すまないが明日行く村へ先に行って人々を集める手配をしてくれないか？」

「はい。よろしいですとも。しかし、あの村は師の評判があまり良くないと聞いております。集まる人数は少ないかもしれません」

「一人くらいは集まるだろう」

キエロは慌てて言った。

「一人なんてことはありえません。わたしができるだけのことをやります」

わたしは笑いながらキエロに言った。

「耳の聞こえない者一〇〇人より、耳の聞こえる者一人がありがたいね」

そうしているうちに女がやって来た。「目がかすんでよく見えない」と言う。

わたしは、彼女の両目に軽く手を当てた。そしてゆっくり手を離すと、女は「ハッキリと目が見えるようになった」と喜んだ。

「ああ、こんなに良く見えるようになってありがたいことです。お礼にお金をと思いますが、あいにくのところ持ち合わせが全くないのです。すぐ帰って持って参ります」

わたしは黙って聞いていた。「お金は必要ない」とも言わなかった。弟子たちは普段と違うわたしの対応に少し驚いていた。

女は二度と来なかった。わたしは彼女がたくさんのお金を溜め込んでいるのを見抜いていた。

弟子たちがお金についての話を聞かせてくれと言った。

「お金は生きている。ということはそれだけの力を持っているということだ。お金は使われた回数によって、つまり動く度合いにより蓄えている力が違う。だからこそ、お金は使うことにより——良い使い方をすることにより——大きな力を持つことになる。

お金を使わずそのまま置いておいてもお金は何の力も産み出せない。お金を動かせば、時が動き、そして形を変えてその人に大きな力を与えてゆく。社会のため、人のために使おうとすればするほど、お金はその人に有利に時を動かし、ある時は助け思わぬ幸運を運んでくれる。

これがお金というものの正体だ」

一番弱い所がいとおしい

わたしたち一行はある邸(やしき)の前で歩みを止めた。わたしはその邸のなかに胸を病む女がいると感じた。

弟子たちにそのことを話していると、いきなり玄関が開き、そこの主人と思われる男が出て来た。

「あなたの召使は病んでいる。ちょっと家の中へ入らせて頂いていいかな？」

わたしが家の中へ入ろうとすると主人は何も言わずわたしの後に従った。

部屋の一室で忙しそうに立ち働く老いた召使がいた。わたしが彼女の前に立つと驚いたように立ちすくんだ。

「あなたはこれ以上無理をして働くことはない」

わたしは彼女の持っていた大きな器を取り上げ下に置いた。

「ゆっくり休むことがあなたには必要だ」

わたしのこの言葉が終わるか終わらないかのうちに、主人が真っ赤な顔で怒り出した。

「この者はわたしの使用人だ。勝手な真似はしないでくれ」

わたしは構わず彼女の胸にわたしの両手をかざし祈った。

そこへ一匹の犬が飛びこんで来て、わたしの衣服の裾を引っ張り始めた。

「おやおや、お前もどこか悪いのかい？」

犬に声を掛けつつわたしは彼女に向かって微笑んだ。

「さあ、これで胸の苦しみが消えたはずだ。歩いてごらんなさい」

彼女は主人に気兼ねしながら、ゆっくりと歩いてみて驚きの声を上げた。

「とても体が軽く、胸の痛みも消えました」

犬がうれしそうに尻尾を振り彼女の周りを飛び回った。

すると、主人が咳払いしながらわたしに訊いた。

「わたしの足も治してもらえるかな?」

よく見ると、主人が軽く足を引き摺っていた。わたしは主人の足元に跪いて主人の足から腰まで手でゆっくりと触れていった。長い間そうしていたが、わたしは立ち上がり言った。

「残念だが、わたしには治すことができない」

わたしが部屋を出て行こうとすると主人が、こん棒を持ち激しくわたしを罵った。

「この詐欺師め、出て行け」

わたしは考えながらゆっくりと言った。

「わたしはあなたの足を治せないこともない。しかし、あなたの心がなぜか拒んでいる。あなたの心は、あなたと共にあり共に生きている。あなたは不自由な自分の足をとてもいとおしんでいる。人は自分の一番弱く哀しい所を愛するものなんだ。そして、そのままでいつまでもいたいと心の深い所で思うこともあるのだ」

わたしは話し終えると突然の訪問を詫びて邸を出た。

主人は黙って頭(こうべ)を垂れわたしの話を聞いていた。

その主人はわたしたちが去った後、恐る恐る歩いてみると全く普通に歩くことができた。

主人は何とも言えない声で呻(うめ)いた。

「ああ……わたしはわたしの一番愛するものを失ったということなのか……」

主人は長年の不自由な歩きを思い出しながら、両足を何度も摩(さす)った。

悪人と善人

遠い昔、その場所は死体を葬る地だった。わたしは透視によりそのことを知った。時の流れと共にそのことは忘れ去られ、その土地には大きな公堂が建っていた。実際、その公堂でわたしも祈りを捧げたことがある。

ある時、弟子や信奉者が集まって、こんな質問がなされた。

「善か悪か、どこで区別するのですか？」

「では、反対に訊くが、あなたたちは何をもって悪人とするのか？」

「悪いことをする罪深い人のことです。人を殺したり、盗みを働いたり、他人に危害を加えたりする人のことです」

「いや、もっと厳密に言えばいろいろあるが大まかに言えばそうです」

わたしはひとつの譬え話をしようと思い弟子に訊いた。

「海はどこまで海としているのか?」

「海水をたたえている所です」

「空より雨は降り、多くの川より海へ水は流れこみ、恵みに預かり海は海として生きている。しかし海は荒れることもある。船を転覆させ人の命を奪うことすらある。海を悪い海、善い海として分けることができないように、人も悪い人、善い人の境界はない。海は海であり、人は人なのだ」

それを聞いていたひとりの男が――日頃からわたしの言うことに疑問を投げかけようとする――真っ直ぐわたしの顔を見て言った。

「いや、それは違う。明らかに人に危害を加えるような者は裁かなければならない」

わたしは声を強めた。

「あなたには分からないだろうが、自分のやった行いは自分でしか償うことはできない。人が人を裁くのは仮の姿で、本当に裁くことができるのは自らの心だけだ」

その話を聞いていた日頃盗み癖のある男がわたしに訊いてきた。

「つまり、心の中で『お許しください』とお祈りをして、神に許しを請うなら罪は償えるってことですね」

わたしは答えた。

「祈りを捧げたり神の名を呼ぶだけでは、あなたの罪は消えないだろう。あなたがその盗み癖を止めなければ――」

一同の目がその男に注がれた。

「何をおっしゃるのですか？　わたしは一度も盗みを働いたことはありません」

「自らの心に嘘はつけない」

わたしはそう言うと、目の前の大きな公堂を指差した。

「あの建物の下には多くの亡骸(なきがら)が葬りさられている。それらの人々の中には、あなたたちの言うような悪い人もいれば善人もいる。生きている時、自分の心の在り処(ありか)が分からず死んでいった人がほとんどだ。今、見よ。その上に大きな重い建物が建っている。人は死んだ後までもこのような裁きを受けねばならないものだろうか？」

わたしは弟子たちの所へ近寄った。

「人は肉体が滅び死を迎えると霊魂は肉体から離れ、その霊魂にふさわしい所に行き自らの生を省みて学んだ後、再び地上で生を授かる」

弟子のひとりが訊いた。

「師のお話なさっていることは、お教え頂いている、人の生まれ変わり――つまり、転生のことですね」

「その通りだ。たとえば、あなたが眠っている時、悪い種を蒔いた夢を見たとしよう。夢の中で、あなたはその種からできた悪い実を刈り取らなかった。誰がそのことであなたを批判したり罰を与えたりしようか？　転生の仕組みのひとつは全くそれと似ている。それに、自らの心の蒔いた種は自らの心の裡でしか刈り取ることができない」

わたしが話し終えると一同は散り散りに去って行ったが、ひとりだけ〝盗み癖がある〟とわたしに言われた男は動かなかった。

わたしはその男の横を通り過ぎる時、何気なく呟くように言った。

「わたしはあなたの秘密を暴くのが目的ではない。あなたの心を開きたいだけだ」

男は、しばらく無言のままわたしの後をついて来た。人々は幸福そうに通りを往き来していた。たぶん、その男には、そう見えたことだろう。しかし、道端に座り物乞いをしている人の姿や腹を空かせて泣いている子を引っ張って歩く貧しい身なりの人もいた。

わたしは、とぼとぼとわたしの後を歩く男の幼少時代が視えた。満足に食事も与えられず、絶えず腹を空かせていた。父親が亡くなるとますます生活は苦しく、長兄であるその男が母親を助け、下の兄弟の面倒をみていた。その後、止むに止まれず盗みを働いてからというもの、それは習慣のようになってしまった。

いつしか涙がわたしの頬を流れ落ちた。

なぜ、人は悲しみの中忍びつつ生きなければならないのか？　理不尽な世を耐え抜かねばならないのか？　いったいいつまで権力という名の元に苦しみは続いてゆくのか？

わたしは立ち止まり上着を脱いだ。そして男の肩に掛けると、彼は驚いたようにわたしを見た。

「良いものではないがわたしからの贈り物だ」

男は礼を言うと、大事そうに上着を抱え去って行った。それ以後、彼の姿を二度と見ることはなかった。

魂とは

わたしは草原に座り、ゆっくりと流れてゆく白い雲を見ていた。白い雲の流れが途切れた時、立ち上がり、力なく歩き始めた。

昨日の弟子たちの集まりでのわたしへの批判が、わたしの気持ちに暗い影を落としていた。

わたしは心の中で呟いた。（彼らが真にわたしの言うことを理解するのは不可能だろう）

お互いが自分の信じることだけを主張し、相手を非難し、あわよくば自らの利益のある方になびこうとする。

圧政により貧しい者はますます貧しさに泣き、富む者は驕り高ぶっている。大きな権力を相手にわたしは本当に人々を救う力などあるのだろうか？　やがて、わたしの語った言葉が歪められ人々を迷わせ混乱に陥れるだけではないだろうか？

そこへ使いの者がやって来た。

「皆さまがお待ちになっています」

「ああ、すぐに行くと伝えてくれ」ゆっくりしすぎたようだ。

わたしが急ぎ足で歩き出そうとすると、どこからともなく声が聞こえた。

（イエスよ。あなたが右の頬に痛みを感じたら、人々の左の頬の痛みを思いやりなさい。あなたの心が打ちひしがれている時、人々の心はもっと苦しいのです）

わたしは力なく歩き、やっとの思いで約束の場所に着くとわたしを中心に周りに座るよう弟子たちに言った。

折りから吹いている風は優しく、弟子たちは昨日と違い穏やかだった。

「今日は転生について話します。あなたたちの心に深く留めておきなさい。そして、分かりやすく人々に伝え広めてゆきなさい。

人々は生まれてから老いてゆき、やがて死を迎える。この肉体の法則はいついかなる時代でも変わることはない。しかし、肉体が滅んでも、その肉体に宿る魂は生き続ける」

そこへ盲目の若者が母親に連れられてやって来た。若者はか細い声で言った。

「わたしの目に光をお与えください」

わたしは若者の元へ歩み寄り抱きしめた。そして、彼の生き様を知った時、深い感動に襲われた。彼は生まれついてより目の見えない悲しみと苦しみを抱えていたが、決して周りの人への感謝の気持ちを忘れていなかった。

わたしは若者の手を取り向かい合った。若者に目を閉じるように言うと、わたしは若者の目に意識を集中した。しばらくして、若者に目を開けるように言うと「かすかな光が見える」と言った。わたしは再び若者に目を閉じさせ、わたしの両手を若者の目の上に置きそのまましばらくしていると、わたしの両手はジリジリと熱く感覚がなくなったような感じがした後、治療が終わった。

「目を開けなさい。あなたは何でも見ることができるだろう」

若者はゆっくりと目を開け辺りを見回した。

「おおー、何ということだ。よく見える」

若者の横で涙を流している母親に向かって何度も叫んだ。

「これが僕のお母さん！　長い間僕の目になってくれていたお母さん！」

母親は小さく頷いた。若者は母親をしっかりと抱きしめた。

わたしは安堵感と喜びに満たされた。

「このような大きな奇蹟は別として、あなたたちは日常において小さな奇蹟をいつも経験しているはずだ。それが生きるということになるのだから……。しかし、何事も当たり前のように思っている。だが、ひとりひとりの魂はそのことに気付いている」

若者と母親はわたしに繰り返し礼を言うと、ゆっくり歩き始めた。若者は要らなくなった杖をしっかりと脇に抱えていた。

ヨハネが訊いた。

「ひとりひとりの魂とは、どこにあるのでしょうか？」

わたしはその問いにすぐに答えず、ひとつの譬え話を始めた。

「〈ある若い男が旅に出た。旅の目的は大儲けして大金を得ることだった。多くの人と出会い、いろいろな話を聞いて試してはみたが大金持ちにはなれなかった。それどころかますます貧しくなったため若者は故郷に帰り、質素な生活を始めた。

何年かすると、見知らぬ男が現われ、うまい儲け話があると誘ってきた。それは、ある老人が大金を溜め込んでいるので、二人して老人を騙しお金を奪おうという悪い企みだった。若者が返事に困っていると、その男は『明日、返事をもらいに来る』と帰って行った。

若者は男が帰った後、良心の呵責にさいなまれ、すぐに断らなかったことを後悔し、自分の心の迷いを深く恥じた〉

若者の魂は健全だったのだ。このように魂とは、ひとりひとりの心の裡より放たれている光のようなものだ。

魂の持つ愛の働きが強いほど、大いなる光に近付いてゆく。そして、その魂は自らを助けるだけでなく、隣人も救うことになるのだ」

第6章　あなたに与えられた平凡な一日こそ最大の奇蹟である

人々の空腹を満たしたパンとは

ファリサイ派の男がすれ違いざまに言った。

「今日はどちらへお出かけですか？　あなたの後をゾロゾロと人がついて歩いていますが……。あの者たちに教えたいくらいだ。あなたの無益な話を聞くより、草原に寝ころんで今日の良い天気を味わった方が良いと」

わたしは男の嫌がらせの言葉を無視して「これから漁を見に行く」とだけ言った。

湖に着くと、わたしが来るという噂を聞きつけ丘の方には多くの人々が集まっていた。

わたしは近くにいた漁師に「収穫はどうか？」と訊いた。

「今日は全く駄目です。あの丘に集まっている大勢の人の気配が魚を警戒させているのです」

漁師の苦々しい呟きにわたしはこう言った。

「今日、網にかからなかった魚は運が良いのだ。人も同じことだ。突然に打ちおろされる網にかかるか、かからないか、わずかの差が運の明暗を分けるのだ」

ひとりの弟子がやって来た。

「師の話を聞きたいと人々が待っています」

弟子に案内され、わたしは人々の待つ丘へ向かった。わたしは丘に着くと湖を眺め、心の中で湖の平安に感謝の祈りを捧げた後、集まった人々を見回した。この人々はわたしに対して何を望んでいるのか？　人々の顔を見ながらそんな思いが胸を過った。

今日のわたしの体調は優れなかった。イスカリオテのユダがそれに気付いて忠告をしてくれた。

「師よ、無理をなさらぬように。お話も短くなさった方がよろしいです」

わたしはユダの忠告には答えず、皆の座っている後方を指差した。

「ユダよ。あの後ろに座っている女だが、胸を患っている。ここへ連れて来なさい」

すると、不思議なことにわたしが指差した方角から、痩せ細った女がわたしの元へやって来た。

わたしは人々に座るように言いわたしも座ったが、わたしの声が誰にでもよく聞こえるようにと思い立ち上がった。

そして、わたしの横に立っている女を座らせ、女の頭上にわたしの両手を置きしばらくそのままでいた。その後、わたしは跪き女に向かって両手を広げ充分な光が女の体に流れ込むよう意識を集中した。それは、ほんのわずかの間のことだった。

女は青白い顔から血色の良い頬に変わり、表情も生き生きとしてきた。

わたしは言った。

「あなたはもう病人ではない」

しかし、その後、わたしは今にも倒れそうなほど気分が悪かった。辛うじてやっと立っていた。

イスカリオテのユダが再びやって来た。

「お休みになりませんと……」

わたしは元気そうな声を出してみせた。

「大丈夫だ。ユダよ。気にするな」

その後、小さな声で呟いた。

「この中にわたしへの憎しみを持った者がいる。だが、その念を敢えて受けている」

わたしはいつものように話し始めた。

「今日は希望ということについて話そう。ある男の物語だ。


〈その男の心の中には得体の知れないものが棲んでいて、心は病んでいた。やがて、その男は心だけでなく体も蝕(むしば)まれ仕事もできなくなり、家族にも見捨てられ絶望が襲った。家の中に閉じこもり、死ぬことばかり考えて生きていた。

ある時、その男の所へひとりのみすぼらしい男がやって来た。

『わたしはもう何日も食べていない。わずかでも食べ物を恵んでくれないか？』

絶望の虜になっている男は、床の上にころがっている2個のパンを指差した。

『あれがわたしの全財産だ。持って行くが良い。わたしにはもう必要ないものだ』

空腹を抱えた男は、ゆっくりパンを味わい残りのパンを袋に入れた。

『お金が手に入るようになったらお礼に来る。その時、あなたは何が欲しいか？』

『わたしはもうまもなく死ぬ。何も要らない。欲しかったものは……生きる希望だった。たったひとつのどんな小さな希望でも持っていたら生きられたかもしれないが……』

『わたしはハヌエルと言う。また、会おう』

と男が言うと、寝たままの男は弱々しく答えた。

『ハヌエルよ……もう会うことはない』

病んだ男は、その三日後に死んだ。

それから数年後、ハヌエルは多くの食材を持ち、男との約束を果たすため家を訪ねたが、もう男はこの世にいなかった。

ハヌエルは思った。

（ああ、なぜあの男は死を待つだけになってしまったのか？　彼は言っていた。『たったひとつの小さな希望があれば生きられる』と。どうすれば絶望から逃れることができるのか？）

ハヌエルの足元に一羽の鳩が降りて来てハヌエルの周りを歩いていた。鳩はハヌエルにこう言っているように感じた。

〈どんな時でも希望を持つことです。どんなに些細なことでも希望はあなたの心を照らします。絶望の淵は歩かないようにして下さい。谷に落ちたら這い上がるのが難しい。希望をいつも心に持って生きて下さい〉

鳩は飛び立っていった。その後、ハヌエルは何度か人生の危機にみまわれたが、微かな希望さえ心の支えにして生き抜いた〉」


わたしは話し終えると弟子を呼んだ。

「ここに集まっている人の食事はどうするのか？」

弟子は困ったように答えた。

「これだけ多くの人々に分け与える食事はありません。わずかの魚とパンしかありません」

わたしは人々に言った。

「これから、皆さんの所へパンと魚をひとりの弟子が持って回りますが、食べるものはそれがすべてです。あなたたちの心と体が満たされますように――」

人々は皆が口々に「満腹した」とわたしに礼を言い帰って行った。

食事を持って回った弟子は、わたしに感動したように告げた。

「誰ひとりとして、パンや魚に手をつける人はいませんでした」

わたしは弟子に言った。

「パンが人の空腹を満たすのではなく、心に希望や幸福、感謝があるからこそ人々は満たされるのだ」


そこへ目つきの鋭い男がわたしの所へやって来てこう言った。

「あなたの噂を聞いてこの目で確かめようとやって来た。あなたの話術は人を引きつけるし、病人も癒すことができる。しかし、あなたのめざす道は険しいだろう」

その男が立ち去ると、やっとわたしの体調も元に戻り良くなった。


改めて、人々の座っていた場所を見ていると、ひときわ光を放っている場所があった。

わたしは弟子を呼び、「ここにどのような人物が座っていたか憶えていないか」と訊いた。

ひとりの弟子が答えた。

「そこにはタニヤがいました」

わたしはその人物に興味を持ち、後日、弟子を通じタニヤに会うことができた。そして、自信を持ってタニヤに問うた。

「わたしについて来ないか？」

タニヤはためらいなく首を横に振った。

「わたしは困っている人を助けたり、人の相談に乗ってやったりしているただの農夫です。わたしはこのあいだ、聞いたお話のように、平凡でありながらも農夫として希望を持って生きてゆきたいと思います」

彼はそう言うと去って行った。

確かにわたしには逆風が多く吹いている。彼にはわたしが絶望の淵を歩いているひとりの男に見えるのだろう。

湖上を歩く

わたしが祈りを終え山を下りると、舟は湖に出ていた。

やがて夕闇が迫り、くっきりと月が姿を現した。しかし、風が強く舟は湖で揺れているだけで一向に岸に近付く気配はなかった。

わたしは舟がこちらの岸に無事に着くよう一心に祈った。すると、今までの荒波が嘘のように静まりかえり、わたしを迎えに来た舟に乗り込むことができた。

弟子たちは漕ぎ疲れていた。ペテロはわたしに「あまり舟が揺れるのでわたしたちは舟から落ちて死ぬかと思いました」と言った。

わたしは笑いながらペテロを諭した。

「万が一わたしが、湖で危険な目に遭いそうになったら湖上を歩いて岸に辿り着く。それは絶対的な信仰心を持っているからだ。日頃、適当に生きている者は舟が傾いただけで騒ぎ、転覆したらそれまでと思い、湖上を歩いて助かろうなどとは思わないだろう。しかし、信仰心を強く持っている者は、〝湖上を歩く〟以上の信じられないような奇蹟を起こすことがあるのだ」

水と葡萄酒

わたしが宴会場に入ってゆくと、あちこちから好奇の目がわたしに注がれるのを感じた。わたしが床の上を滑るように歩いて席に向かうと、「ホーッ」という声が聞こえてきた。その歩き方は修練していた時身につけたもので、音もなく滑らかだからだ。

ほとんどの席が埋めつくされると賑やかに宴会は始まり、婚礼の宴にふさわしい料理が数々並べられ喜びに包まれていた。

しかし、なぜか宴会の半ば頃から次々と人々が退席を始め、出席者はわずかの人数になった。

わたしは隣席の男に「なぜ、こんなに人が退席してゆくのか？」と訊くと「参列者の親戚筋の方がお亡くなりになり、その喪に赴くためだ」と教えてくれた。わたしは今日の主催者に深く同情した。

「これだけ多くの料理と葡萄酒が用意されていたのに、何ということだろう」

すると、真向いの席の男がわたしに言った。

「この機会はわたしたちに与えられた黄金の時かもしれない。お噂は聞いております。残っている者に何か奇蹟を見せて頂けないだろうか……お話だけでも良いのですが……」

わたしは笑いながら言った。

「人は何でも大袈裟に吹聴することが好きだ。これだけの葡萄酒が残れば、わたしが奇蹟を起こし水を葡萄酒に変えたなどと言うだろう」

わたしは目の前の空になった杯（さかずき）を持ち上げた。

「この杯に水を入れて飲もうが葡萄酒を入れて飲もうが、その人が変わるわけではない。たとえ、水を入れて飲んでも戦を好む気質が変わり剣を置くわけでもないし、葡萄酒を入れて飲んだからといって憎悪心が氷解するわけでもない。杯にいれる飲物より、大事なのはそれを飲む人の意識にある。しかし、自己意識を高く持つことは、水を葡萄酒に変えることよりまだ難しい」

夢みるだけの者は立ち去るが良い。
夢みるだけで生きるのなら
森に棲む鳥の巣の中で
眠っているが良い。

あなたの歩いている道に
石塊（いしころ）があったら
避（よ）けないで取り除いておこう。
後（あと）に続く人が転（ころ）ばないように。

あなたに両手があるのなら
泣いている人を抱きしめることができる。
人を傷つけるために
その手を使わないようにしよう。

あなたが目を患い光を失っても
絶望することはない。
あなたの目の代わりになる光は
用意されている。

あなたが親、子、兄弟を
亡くしたとしても嘆くことはない。
死者は必要な時
いつもあなたの傍で見守っている。

あなたが自分を表現する力があるのなら

言葉は音楽のように使おう。
そうすれば人の心に
優しさと希望と勇気を与える。

あなたがこの世を去る時
今まで働いてくれたあなたの体と
常に励ましてくれたあなたの心に
深い感謝の心を捧げよう。

死者は生きていた

墓場を過ぎた辺りから気付いていたが、誰かがわたしの後ろをついて歩いていた。わたしは振り向きはしなかったが片方の目が潰れている男を感じた。

いつまでもついて来るので、とうとうわたしは立ち止り、その男の霊と向き合った。

(何をして欲しいのか?)

すると驚いたことにその霊は、

（わたしはまだ生きているのに死んだと間違われ墓場に閉じこめられた。助けてくれ）と答えた。

わたしは、さっきの墓場まで引き返し、霊の案内する墓の前まで行った。幸いなことに男が二人その墓の横に立っていた。わたしは二人に向かって頼んだ。

「この中に死者がいるが、まだ生きているようだ。確かめてみたいから石を取り除くのに力を貸してくれ」

二人は驚きながらも承諾してくれ、三人で墓穴を塞いでいた大石を転がした。

中にいた死者は布で体を巻かれ、死んでいることを疑う余地がないように見えたが、わたしは何の躊躇（ためら）いもなく体から布を解（ほど）いていった。

全身が水ぶくれの状態で片方の目は確かに潰れていた。わたしが彼の鼻の下に手をやると微かに風を感じた。

わたしは怯（おび）えて遠巻きに見ている二人の男に大声で言った。

「この人に飲ませる水と、桶にいっぱい水を汲んで来てくれ」

そうしているうちに多くの人が集まって来た。

桶の水がくると、足首から順に上体の方へと水をかけてその体を浄めていった。すると、彼は潰れていない方の目を開けた。

「生き返ったぞ」

誰かが叫んだ。わたしは彼にゆっくりと水を飲ませた。

彼は生き返ったのではない。生きているのに死んだと間違われ葬られただけだ。特別にわたしが何かしたわけでもない。

人々の騒ぎの中をわたしは逃げるようにその場所から立ち去った。

少女の生還

わたしが家に到着した時、家の中から女の叫び声が聞こえた。

「遅かったか……」

従者が呟く声が後ろから聞こえた。

わたしが家の中へ入ってゆくと一室に通された。その部屋は悲しみの部屋と化していた。祈りを捧げる者。少女の寝かされているベッドに取り縋っている者。抱き合い声を上げて泣いている者。

その中で部屋の隅に立っている背の高い女の召使いだけが、にっこりとわたしに微笑んで話しかけてきた。

「わたしは、あなた様がお嬢様のために来て下さるとお聞きした時から必ずお嬢様は元気になられると信じておりました。それはどこからともなく声がして『ひとりの男が少女を癒すだろう』と言葉を聞いたからです。今か今かと待っておりました」

わたしはしばし部屋の中を見回した。そして、確信を持った。少女の両親にベッドより離れてもらい、その他の人たちはすべて部屋の外へ出てもらうようお願いした。

わたしに同行して来た弟子三人にわたしの近くに来るように言い、少女のベッドの横に跪いた。

少女の顔は誰が見てもこの世の人ではなかったが、わたしが手首に触れると長い間隔ではあるが弱々しく脈打っていた。

わたしは三人の弟子によく見ておくように言うと、少女に取りついている悪霊を誘き出した。わたしの目には少女の口から白いモヤモヤしたものが出てゆくのが視えた。わたしはその不気味なものの尻尾を素早く捕まえた。それが少女を苦しめている正体だった。

わたしはその悪霊と話し始めた。

（なぜ、この少女に取りついていたのか？）

悪霊は話し始めた。

（この少女には何の関係もない。だが、この父親に対して恨みを持っている）

わたしは悪霊の名を訊くと「トルマ」と心に響いた。

わたしは声に出して呼んだ。

「トルマよ」

少女の父親はビクッと動いた。

「トルマよ。あなたは、少女の父親に法外なお金を取られたという深い恨みを残したままこの世を去った。しかし、お金というものが人に必ず幸福（しあわせ）を与えるとは限らない。その証拠に少女の父親は少女の命が消えそうな時、あんなに嘆き悲しんでいた。お金も人と同じように命を宿している。行く先々や人々から多くのものを見て学習しているのだが、悲しいことにお金の墓場はない。トルマよ、あなたはお金に執着心を持ち、また復讐までもしようと関係ない少女までも苦しめた。トルマよ、あなたの墓場へ行きたまえ。死後の世界があなたを待っている。ここより離れたまえ」

わたしはベッドの横でトルマのために深い祈りを捧げると、弟子たちもそれに習った。

父親は呆然と立ち尽くしていたが、へたり込んだ。

わたしは血色の良くなった少女の頬と大きく見開いた目を見て安心し、声を掛けた。

「あなたは癒され歩くことができる」

わたしがそう言うと、少女はベッドから起き上がり両親と抱き合った。

第７章　見えないものにこそ愛が宿っている

エラニヤ農園

まだわたしがペテロを始め数名の弟子たちだけで行動していた頃、エラニヤ農園の一角を借りてそこを拠点としていたことがあった。

農園主であるエラニヤは、背中に大きな瘤のある醜い形相の男だった。妻は早くに亡くなり、一人息子と農園で働き収穫物を生活の糧とし、時々、わたしたちにも新鮮な野菜や果物をくれた。

エラニヤは股関節に問題があるらしく、体を揺すりながら難儀そうに歩いていた。わたしはそんな彼を見て「わたしにできる治療をさせて欲しい」と申し出たが、彼はきっぱりと断った。

「これはわたしが学ぶべきために与えられた神からの贈り物です」

エラニヤはわたしから何の代償も請求しなかった。また、わたしの話すことにも特別に関心を寄せているようには見えなかった。

ある日、わたしは小屋の後ろで泣いているエラニヤを見た。エラニヤに気付かれぬようわたしはそっと立ち去った。

わたしが刈った草を寄せていると、ペテロがやって来て言った。

「朝早く数人の男たちがやって来て、エラニヤと口論していました。何の話か分からなかったのですが……エラニヤはどこにいますか？」

わたしはいやな予感がして、先程までエラニヤがいた小屋に向かって走った。小屋の周りには居なかったので扉を開けると、そこには柱に縄をかけ自ら命を絶ったエラニヤがいた。わたしは後から来たペテロと二人してエラニヤを下へ降ろし蘇生させようと試みたが、すでに彼の霊魂は去ってしまっていた。

（なぜあの時エラニヤに声を掛けてやらなかったのか？）

わたしは深い後悔の念にかられ自らを責めた。エラニヤを死に追い込んだ原因は謎だった。息子も落胆し、働く意欲さえ失っていた。

数日後、わたしたちの所に数人の男がやって来た。

「この前、エラニヤと口論していた者たちです」

ペテロがわたしに囁いた。

連中の中で一番の頭と思える人物がわたしに言った。

「この土地はわたしの土地だ。エラニヤに貸していたが、返してもらう約束の時が来た。エラニヤが死んだ時は返してもらうことになっている。エラニヤにお前たちを追い出さないのなら土地を返すようにと言ったらエラニヤは死んじまった。馬鹿な奴だ。お前らのことがよほど気に入っていたんだな」

わたしはすべてを理解した。わたしたちがエラニヤの保護の元に住んでいるのに腹を立てているだけでなく、わたしの教えも気に入らなかったのだ。

そこへエラニヤの息子がやって来た。

「父とわたしは手のつけられないほどの荒地を耕し、今のような豊かな農園にした。言われる通りの収穫物を収め、毎年決まった額のお金も納めているのだから問題ないはずだ」

「だがな、そこにいる気の変な集まりを住ませておいては約束に反する」

頭はわたしに向かって怒鳴った。

「お前たちの汚したこの土地を清浄にしてからさっさと出て行け。それにこの木の枝もお前が無断で切ったものだろう？」

わたしは何も答えず、頭から木の枝を受け取った。そして森の中へ入って行くと、わたしの後を皆がゾロゾロとついて来た。森の中の一本の木が、今し方、枝を切られた証に良い香りを放っていた。

わたしは目を閉じ、エラニヤの意識と合わせようとした。すると、淡い光に包まれて、木の横にエラニヤが立っていた。

（この連中たちに、あなたを追い出すよう言われましたが断りました。わたしはあなた様を尊敬していました。それに、こっそりと聞いていましたが、あなた様のお話はわたしの心に光を与えてくれていたのです。連中たちは、この土地を取り上げ、わたしたち親子を働き口のないようにしてやると脅して帰って行きました。わたしはこの農園や森を愛しています）

わたしは頭（かしら）に言った。

「この枝はわたしたちが切ったものではない。さっき何者かによって切られたようだ。切った者が元へ戻すが良かろう」

一瞬、木々の葉の間から光が射し込み、頭（かしら）が大きな音をたてて倒れた。

わたしはペテロに急いで水を持って来させ頭（かしら）の頭へぶっかけた。しばらくして、起き上がってきた頭（かしら）に言った。

「ちょっとした目眩（めまい）だ――。それに枝を切られた木の精霊の怒りもある。あなたは、この土地を自分の物だと主張するがそうではない。天からの借物だ。荒地を耕し、木を育てれば天はいっそうの愛を木に注ぐ。大地に種を蒔けば、天は花や収穫物を育て愛でるだけで、その売上や楽しみは人々に与えてくれる。エラニヤはそのことをよく知っていた」

わたしと弟子はその日にエラニヤ農園を去った。ペテロは陽気に皆に言った。

「師のおっしゃる通りだ。寝る所も食べるものもすべて天より与えられる。心配ない」

おやおや、わたしの言う言葉を先に言われたなと苦笑しつつ、わたしの頭の中はその夜、野宿をする場所を思案していた。

死んだ息子に花束を

家の戸口の前に立っている老人がいた。わたしはその前を素通りした。

ペテロが言った。

「わたしどもの一行がこの村を通るのを聞いて、師に何か一言でもお言葉をとの思いで、あしてあの老人は立っていたのではないでしょうか？」

わたしは黙って歩き続けた。やがて多くの花が咲く野原に出た。わたしは花に声を掛けながら花を摘み、綺麗な花束を造った。そして、イスカリオテのユダに持たせ、さっきの老人の立っていた家まで引き返した。すでに老人はその場にはいなかったが、わたしは家の中へ入って行った。

わたしの姿を見ると老人は飛び上がらんばかりに驚いたが、次のわたしの言葉は彼をもっと驚かせた。

「亡くなられたあなたの息子さんのためにこの花をお受け取りください」

ユダに花を老人に渡すように言った。老人は受け取りながら訊いた。

「なぜ、わたしの息子が亡くなっていることが分かったのか？」

わたしは老人の横を指差した。

「あなたの横に立っておられるのがわたしには視えます。亡くなっておられるので他の人には見えません。お父様に元気を出すよう伝えてくれとおっしゃっています」

老人は頷き泣き出した。そして、奥に向かって「ミリア、ミリア」と叫んだ。

奥から娘が走って出て来ると、わたしを燃えるような目で見詰めた。

わたしたち一行がその家を辞して歩いていると、ミリアが走って来てわたしの前に跪いた。

「わたしも仲間にして下さい。わたしはすべてを捨ててあなた様に従ってゆきます」

ミリアはその日から、わたしたちの一行に加わった。

心を立ち上げる

「川へ行って水を汲んで来なさい」

老人に向かいわたしが言うと、老人はわたしの口元を見詰めていたが天を仰いで答えた。

「あなたは『雨が降ってきた』と言われたが、一向にその気配はありませんぞ」

老人の聞き間違いに皆がドッと笑った。老人は耳が遠いようだった。老人の顔には一目でそれと分かる頑固そうな性格が窺えた。老人の横にいた若者が、老人の手を引張り桶を持って川に向かって行った。

昨日、わたしはわたしの考えに異を唱える一派と意見を戦わせた。人の心というものは、そんなに簡単には変えられない。分かってはいたが改めて思い知った。目を閉じその時の様子を思い出していると、水汲みに行っていた二人が帰って来た。

二人に礼を言い桶に手を入れると、水がわたしの心を読み取ったかのように感じられ涙が溢れた。

この水を汲んで来てくれた二人は、わたしを信じて水を汲んで来てくれたのだ。昨日の一派は頭からわたしを否定し変人扱いした上、自分たちの言うことのみが正当であると全くわたしの言うことに耳を傾けなかった。

わたしが両手で水を掬うと、しばらくは水は両手に留まったが大部分は指の間よりこぼれ落ち、わずかばかりが両手に残った。

老人の口元にわたしの両手を持って行き、わずかの水を飲ませようとすると、老人は何のためらいもなくその水を啜った。周りにいた人々は何か奇蹟でも起きるかと目を凝らしていたが、何の変化も起きなかった。

しかし、老人はわたしに向かって礼を言った。

「この老いぼれにあなたは水を飲ませてくれた。これはきっと何かが実を結ぶことだと信じている」

そして老人は去って行った。

老人と一緒に水を汲みに行った若者が訊いてきた。

「いったい何が起きたのだ。何も変わったことはなかったようだが……」

わたしは去って行く老人を見て答えた。

「彼は今まで、素直に人の言うことなど聞く者ではなかった。しかし、さっきはわたしの言う通りわたしの手から水を飲み、わたしの手を浄め感謝さえしてくれた。彼の心の中で何かが起こったのだ」

それから数日後、わたしはその老人とバッタリ出会った。老人は笑顔で近付いて来た。

「わたしはこの年まで頑固で人の言うことなど素直にきいたことがない。だが、あの日は違っていた。あなたのあたたかな心がわたしの気持ちを変えさせたのかもしれない。

その夜、夢を見た。美しい花々が咲く中から声が聞こえてきた。『心を開きなさい。あなたが心を開けば、多くの世界を見ることができる』わたしは夢から覚めても、しばらくはなぜか幸福な気分に浸っていた。

わたしは老人の顔に深く刻まれた皺に敬意を表した。

そして、傍らの弟子に言った。

「彼は心を立ち上げたのだ。これこそが彼の心の奇蹟だ」

弟子は訊いた。

「心を立ち上げるとは具体的にどうすれば良いのでしょうか?」

「心を立ち上げるとは、常に寛容の精神を持ち相手の心の声を聴こうとすることだ。そうすれば、自然と自らの心を立ち上げることができ、自分の周りの世界が広がって見えるのだ」

わたしは人知れず、いつも自分の心に問いかける。

わたしの心は清いか?

差別の心に傾いていないか?

人の心を踏みにじっていないか?

心が愛と調和しているか?

そうかと言って堅苦しく、人が敬遠するような人物であろうとは思わない。自然に自分を表現したいと思っている。こんなわたしだから、強引に権力を振りかざす指導者(リーダー)としてのわたしを求める者は、わたしから去ってゆくだろう。
わたしは今のこの時代をよく知っていて、わきまえている。多くの人々の悲しみの流血を見たいとは思わない。剣による勝利より、人々に起こすことのできる〝精神革命〟こそわたしの使命であることを知っている。

鳥は鳴き知らせてくれる。
耳を澄まして聴こう。
「目の前はゆるやかな坂だ
山へ登るほど辛くはない」
あなたの背にも手にも重い荷物は無い。
あなたを縛る約束事も無い。
幻の牢獄へ二度と入るな。

鳥は鳴き教えてくれる。

耳を澄まして聴こう。
「与え尽くされる愛の中
希望を持って生きてゆけ」
あなたは何を恐れて剣を持つのか。
あなたは人々の羨望の的になりたいのか。
幻の泥沼から這い上がれ。

鳥は鳴き嘆いてくれる。
耳を澄まして聴こう。
「人の一生は
虹を見ているより短い」
あなたの手は人の涙を拭うために使おう。
あなたの言葉は人を癒すために使おう。
幻の一生を悔いなく生きるために。

密かな愛

わたしには誰にも言えない秘密があった。それは密かに〝ある人〟を想っていたことだ。気付かれないように視線や振舞には充分気を付け注意を怠らなかった。

ある時、〝ある人〟と二人して布教に出かけた。〝ある人〟はなぜか落ち着きがなかったので、わたしがそのことを指摘すると「自分でもよく分からないのですが、心が浮き立っているようです」と答えた。わたしの気持ちが〝ある人〟に伝わり良くない影響を及ぼしていると感じ〝ある人〟への想いを打ち消した。

小さな村で、舟を信仰心に譬えて話をした。少ない人数であったが、皆はわたしの話を熱心に聞いてくれた。

村を出る時、〝ある人〟はぽつりと言った。

「信仰心とは愛のことを言うのですね」

わたしは立ち止り思わず〝ある人〟を見た。

「人々は果たしてどのように受け止めたのか？　わたしが自分の胸に宿している神があるように、すべての人の胸にも神は宿っている。つまり、自分自身が神であり、それはすべてのものと繋がっていることを意味している」

「わたしにはおっしゃっていることが分かりかねます」

「それでも構わない。わたしは特別な人にだけしかこんな話はしない」

向こうから何か叫びながら、こちらへ歩いてくる一行があった。集団の先頭の男は妙に派手な服装をして目立っていた。その男は何回も同じことを叫んでいた。

「我は神より選ばれた救世主なり」

その男の後をゾロゾロと二十人くらいがついて歩いていた。

わたしたち二人が横へ避(よ)け道をあけると、その救世主なる男とわたしは目が合った。その男の目は血走り、わたしを見下すような笑い方をした。すると集団のひとりがわたしの顔を見て言った。

「この男は、あの有名なヒーラーではないか？」

救世主なる人物はわたしの元へすっ飛んで来た。

「人々を救うためには神より遣わされた者でないといけないが、お前は何者なのか？」

わたしは静かに答えた。

「わたしは何者でもない。大海を漕ぎ進む舟乗りだ」

一行は馬鹿にしたように笑った。ますます、救世主なる人物は調子に乗りわたしを揶揄(やゆ)した。

「くだらない奴め。沈みかかった舟で何をしようというのだ」

〝ある人〟の顔は怒りの表情で蒼白になり、今にも救世主に飛びかからんばかりだった。わたしはこの変な集団にこれ以上関わり合いたくなかったので、小さな声で呟いた。

「ただの舟乗りではない。荒波を漕ぎ渡る舟だ。あなたにはそんな勇気は無かろう」

わたしは道に落ちている一本の枯枝を空高く放った。枯枝は風もないのに落下せず空中を漂っていた。集団が騒めき始めた。

わたしは両手を伸ばし枯枝に向かって言った。

「光ある救われんとするものよ。お前の望む所へ降りて来たまえ」

枯木はわたしの両手にスッポリと収まった。

「さあ、帰ろう」

唖然としている集団を残し、わたしたちはそこを立ち去った。

〝ある人〟の視線がわたしの横顔に終始注がれているのを感じた。

(愛は密かにわが身に漂いて枯れんとする心にも力を与える)

わたしは心の中でそっと想いを伝えた。

深い眠りの果て
紅いひなげしを胸に抱いて
川に流されてゆく少年のわたし。
そんな美しい夢を見た。

あなたへの愛を
わたしは誰にも語らない。
健やかな喜びの日々を
ひっそりと分かち合いたいから。

わたしの嘆きを知られぬよう
わたしの哀しみを気付かれぬよう
真心は健気に身を隠し
あなたを大きく包みこむ。

あなたは優しく

知らぬふりをしている。
わたしの命を形見にとさえ思っていても
言葉の冒険などしない。

わたしがあなたを愛する理由(わけ)が
あなたの無垢な心にあることを
果たしてあなたは
知っているのだろうか。

ちぎれ雲の行方

「師にお訊きしたい。あなたのお話なさっていることは信じて良いのか?」

わたしの信奉者であるひとりの男が強い口調で訊いてきた。

わたしは答えた。

「信じることにより道は開ける。あなたはその道が探せていないのだ。あなたの心の闇を取り除けば道は照らされるだろう」

少し間を置いて、わたしはためらいがちに言葉を続けた。

「あなたは人を騙し多くの借金をし、それを元手にお金を貸して高い利益を得ている」

他人の秘密を暴くのは気持ちの良いものではなかった。彼はわたしの顔を見ないようにして立ち去った。

わたしは彼がいなくなってから激しい自己嫌悪に襲われた。

（わたしの口から出る言葉はわたしを汚していないだろうか？）

何か床で気配を感じ、下を見ると一匹の蛇が入って来ていた。わたしの横を通り抜けカーテンの下に入っていった。

（神よ。わたしの心が神のみ心に叶うものであるなら、今すぐ蛇を部屋から出してください）

カーテンは動かなかった。わたしが戸口の戸を開けようと歩き始めると足元に蛇がついて来ていた。

どこからともなく声が聞こえた。

（疑うことなかれ。この声はあなた自身の声でもあるのだ。自らを疑うことは、神を疑うことでもある）

わたしは外へ蛇を逃がしてやると、自分も外へ出た。外は太陽の眩しさに目を開けていられなかったが一瞬、白いちぎれ雲が見えた。

あの一片のちぎれ雲はどこへ行くというのだろう。自分でも予期せぬことに頬に涙が流れた。涙をぬぐい歩き始めると、わたしの服の裾を引っ張る男の子がいた。

「早く僕の家に来て！　お母さんが倒れているんだ。早く！」

わたしは今までの思いを振り切り男の子の後について走った。

家に着くと、二人の男が家の前に立っていたが、わたしを見ると家の中に入れてくれた。

男の子は部屋で寝かされている女の手を握り、体を揺さぶった。

「お母さん、もう大丈夫だよ。助けてもらえるよ」

わたしは母親の足が腫れあがっているのに気が付いた。脈は少し速かったが呼吸は落ち着いていて、病状はそれほど重くないと感じた。

わたしは両手から出る光を母親の全身に当て続けた。

しばらくすると、母親は意識を取り戻した。

「おや、わたしはどうしたのかしら？　外へ出かけようと家の中を歩いていたところまでは憶えているけど……」

「お母さん、倒れたんだよ。この人が治してくれたんだ」

男の子がわたしを指差した。

母親の足の腫れはかなり良くなっていた。わたしは母親に「働きすぎないように」とだけ言った。

帰ろうとすると、父親の隣でわたしの様子をじっと見ていた男が話しかけてきた。

「もうひと働きしてもらえないか？　うちの家は病人はいないが困ったことがあるんだ」

男はわたしを家に案内した。視ると家の前に女が立っていた。わたしを見るとスーッと家の中へ入っていった。

わたしは男に訊いた。

「家の前に女が立っていたが、あなたの家族か？」

「いや、わたしの目には女など見えなかった。だが、困っているのは実はそのことなのだ」

家の中に入ると、さっき家の前に立っていた女がいた。わたしが女をじっと視ると、女は悲しそうな目をして見詰め返した。

男は呟いた。

「いやあ、それが人の噂なんだが、うちの家の周りに女の幽霊が出るっていうんだ」

確かにわたしの前にいる女のことだろう。

（なぜ、この家の周りをさ迷っているのだ？）

女はしばらく黙っていたがこう答えた。

（わたしには三人の男の子がいましたが、二人はもうこの世にはいません。残った男の子一人はわたしの言うことを聞かず、わたしの元を離れて行きました。そして、わたしも病気になりこの世を去ったのです）

わたしは訊いた。

（なぜ、それがこの家と関係あるのか？）

（わたしたち家族は三人の子どもたちが幼い時、かつてこの家に住んでいました。しかし、夫の仕事の都合で引っ越してこの家を離れてからというもの、次々と不幸が襲いかかりました。わたしは死んでからも幸福（しあわせ）だった頃のこの家が想い出され離れられないのです）

わたしは女に、死後行くべき世界へ行くよう祈りを捧げると、女は消えた。

わたしは男に微笑んだ。

「これで、幽霊の噂も消えるはずだ」

「あの女はいったい何者だったのだ？」

「行くべき道が分からなかっただけだ」

家を出ると空を見上げた。ちぎれ雲のひとつさえ浮かんでいなかった。

人に請（こ）われるままにわたしは力を尽くし、人の役には立っているのかもしれない。だが、実際には大きな展望は何ひとつ開けていなかった。果たしてこれで良いのだろうか？　行方知れずのちぎれ雲と同じではないのか？

わたしは衝動的に、誰にも知られない遠い地へ行きたいと思った。

しかし、その思いはすぐ打ち消された。

目の前を、いっぱいの穀物を積んだ荷車を引く老人が通り過ぎた。腰は曲がり、ボロボロの服を着ていた。わたしは黙って荷車の後ろから押してやった。その時初めて、今日一日の中でわたしを取り戻すことができた。

ちぎれ雲の一片が、荷車を押すわたしの心に浮かんでいた。無力な師と批難されようと、こんな小さな出来事がわたしの心を幸福（しあわせ）で満たすのだった。

川の流れに

わたしはそこの通路が別室に繋がっていることを知っていた。秘密の通路を教えてくれた者は、そこへ近付かない方が良いとわたしに忠告してくれたが、なぜそんな所に秘密の部屋があるのか不思議だった。

人のいない頃を見計らって、その会堂の奥の通路へと行った。幸いなことに辺りには誰もいない。三枚に区切られた壁があったが、その中央の壁を押すと小さな空間が現れた。話に聞いた通りだった。わたしはすぐ階段を降り、壁を元通りに塞いでおいた。その空間には木箱が何個か積み上げられている他は何もなかった。しかし、人が出入りしている証拠に小さなオイルランプがうっすらと空間を照らしていた。

急に女の忍び笑いが聞こえ、わたしは慌てて箱の後ろに隠れた。階段を上がってゆく後姿が若々しかった。

気が付くと、もうひとつの奥に部屋らしきものがあった。箱の隙間より窺うと今度は男が出て来てランプを消した。暗闇の中を慣れた足取りで隠処（かくれが）を出て行った。

わたしはその男を見て驚いた。会堂長だったのだ。会堂長が去ってから充分な時を見計らい手探りで壁の所までゆき、うまく脱出した。

なるほど、密会の場所だったのか――。

わたしが祈りのために訪れたような顔をして会堂の庭を歩いていると、向こうから会堂長がこちらへ向かって歩いて来た。すれ違う時、あの隠処での臭いと同じ臭いがした。会堂長はすまし顔で、わたしの横を通り過ぎる時などいっそう胸を張りわたしを横目で見た。

わたしは会堂長を呼び止め訊いた。

「神はどこにいらっしゃるとお考えですか？」

「天にあり、わたしたちに恵みを与えていらっしゃいます」

わたしは重ねて訊いた。

「陽の当たらぬ場所は特に神の恵みが豊かでありましょうか?」

「神は分け隔てなくお与えになります」

彼は少し怪訝そうな顔をしてそう答えた。わたしは容赦しなかった。

「神はすべてを見通せる力をお持ちです。いかなる時でも迷える小羊を救おうとなさっている」

彼の顔色が変わりわたしを警戒し始めた。

「あなたはいったい何を言おうとしているのか? 何か欲しいものがあるのか?」

「……欲しいものと言えば、わたしも迷える小羊ですので小さな灯りではなく、大きな灯りが欲しいところです」

彼はすべてを理解し、怒りに震え声が一段と大きくなった。

「あなたはこのわたしに何が言いたいのだ?」

二人の周りには人垣ができた。どんな素晴らしい教えが説かれているのかと人々は耳を傾けている。その中で、夫に手を引かれた中年の女が大声を上げた。

「確かに灯りは大きい方が良い。わたしなど、ひとつの灯りすらない」

わたしは人垣を分け、その女の所に行き女の目にわたしの両手を当て、しばらくじっとしていた。そして、静かにわたしが彼女の目から両手を離すと女の目に光が射し、目の動きが生き生きと反応し始めた。

「目が見える。目が見える」

彼女は夫の腕に縋っていた手を解き抱きついた。そして、彼女の目は人垣の中央に呆然としているりっぱな身なりの会堂長に注がれ賞賛した。

「あなたはこのわたしに素晴らしい恵みの時を与え……」

次に質素な身なりで女の前に立つわたしに言葉を続けた。

「あなたはわたしに大きな灯りを点した」

夫婦が去って行き、人々もいなくなると会堂長はわたしに訊いた。

「噂によると病を治したり、悪霊を追い出す男がいると聞いたがお前のことか？」

「いや、わたしではない。それにこの場所には二度と来ない。わたしには縁のない場所だ」

彼は憎悪の目でわたしを見て言った。

「それが良かろう」

わたしは母マリアの言葉を想い出した。

（人の秘密を暴くものではありません）

そうだ。母の言う通りだ――。

ふっと気が付き後ろを振り返ると、ゾロゾロと一団がついて来ていた。粗末な身なりの顔に表情のない人々ばかりだった。その中には足を引き摺りやっとついて来る者もいた。贅沢な暮らしに身を置き、外面では仮面をかぶり人に崇められ、裏では好ましくないことを平然とやっている人たちがいることが頭を過った。

わたしは後ろの人々に何も話す気がしなかった。心の中で（この人々に幸いあれ）と祈りながら、人々の歩みを手で制し、

「わたしは今、あなたたちに話す勇気と自信がない。ここで帰って頂きたい」と告げた。

わたしの気持ちは晴れず、小さな川の辺を見つけると座って川の流れを見て、長い間そのままで過ごした。

「何か一言でもお言葉を頂けませんか？」

後ろを振り返ると、あの一団の中のひとりだった。彼は足を引き摺り、目には涙を溜めていた。

わたしはその男を座らせ、彼の前で跪き祈りを捧げた後、彼の両足を一心にさすった。次第に曲った両足は真っ直ぐになってきた。

「立ってごらんなさい。あなたはどこへでも行くことができるでしょう」

彼はゆっくり立ち上がり一歩一歩前に進んだ。それは普通の人の歩き方と変わりはなかった。

彼は喜び、腰にぶらさげた袋から硬貨を出しわたしの手に握らせたが、わたしはそのまま彼の

手に返した。

彼が去った後、わたしは川の流れを見詰めていた。この川の水はどこからどういう流れでやって来て最後はどこへ行くというのか？

山に落ちる雨の一粒が大海の波の流れになるまでの水の一生がわたしの心を動かし、川の流れに翻弄される水と情け容赦ない過酷な時代に苦しむ人々の姿が重なった。

わたしは人々にいったいどれだけの勇気や希望や幸福（しあわせ）をもたらすことができるというのか？

わたしはひとりの無力な人間ではないか？

雲の隙間から太陽の光が射し始め、わたしはいきなり目映（まばゆ）い光の中に放り出された。目の前がクルクル回り、辺り一面に花々が咲いて視えた。

美しいものに感動する心を持つことが殻から心を解き離す。また、真実を知るということが必ずしも正義の道であったり、人を幸福（しあわせ）にするとは限らない。真実という裏には隠された多くのことがある。地上において美しいものを見出す感性を育てることがとても価値があり大切なことだ。

わたしは再び意識を取り戻し、水の流れる音を聞きながら――インドで習得した術（わざ）のひとつ――自分の肉体より抜け出す術を試してみようと思いたった。

目を瞑（つむ）り意識を集中すると、すぐにわたしは自分の肉体より抜け出し空中を飛んでいた。川の中を自由に通り抜け、川面を歩き、ついに全く知らない次元に辿り着いた。だがそれ以上探索することはしなかった。この術が使える能力がまだ自分にあるか確認するだけで十分だった。長時間、自分の肉体から離れることが危険である事も知っていた。わたしは川辺に座る「わたし」の肉体に一気に入った。

川の流れる水の音が（自らと闘う気力を強く持て）と言っているように聞こえた。

葡萄酒と血の繋がり

わたしには、ひとつ違いの従兄弟がいた。彼は解放的な性格で何でも思ったことをすぐ口にして言う軽率な所もあり、どちらかというと仲が良いというわけでもなかった。ある時などは、「祭司になることができたらどんなに良いだろう」と祭司になることへの憧れを口にした。わたしは何も言わなかったが良い考えだとも思わなかった。

いつになく時間のできたわたしはその従兄弟を誘ってわたしの住む家で――隠れ家というかボロ小屋のような――食事をしようと思いつき二人で歩いていた。日はとっぷりと暮れ、人々は薄暗くなった中を影のように動いていた。

わたしたち二人の前を笑い声を上げながら幼い男の子が走って行き、そのあとを母親が追いかけ捕まえようとしていた。わたしはそれを目で追いかけながら家の中に入った。

わたしは今ひとつしっくりしていない彼との仲を良いものにしたいと考えていたし、このところ何か考えごとばかりしている彼の心をほぐしたかった。わたし自身寂しかったのかもしれない。

彼は始めは差し障り（さわ）のない話をしていたが、杯を重ねるうちに彼の口は軽くなり、わたしへの批判を始めた。

「はっきり言うが、お前さんは自分のことを救世主か何かと勘違いしていないか？　舟乗り上がりのただの男のくせに……」

わたしは黙って彼の前に数粒のアーモンドを置いた。彼の目は虚ろでわたしの反応を待っていた。

遠くの方で子どもの泣き叫ぶ声が聞こえた。わたしは家を飛び出し声のする方へ走った。泣き声に近付くと、母親が頭から血を流している男の子を抱いていた。さっき道で出会った親子だ。だんだんと男の子の声は小さくなり首はうなだれた。わたしは腰に巻いていた布の帯で男の子の頭を縛り瞼（まぶた）を開いてみた。母親の手から男の子を受け取り、頭の傷口が塞がるようわたしの手で光を送り続けていると出血が止まり、男の子は目を開け意識が戻った。

母親に案内させて男の子を家に運んだ。

「大丈夫か？」

気が付くと従兄弟がついて来ていた。わたしは彼に向かって頷くと、母親に微笑んだ。

「心配はいらない。大丈夫だ」

そう言い帰ろうとすると、母親はわたしの衣服に点々と付いた血を気にしてしきりに謝った。

帰る道すがら彼はわたしの顔を覗きこんだ。

「人助けは気持ちが良いものですなあ。さすが噂通りだ。先生の処置は手際が良い」

彼の言うことはわたしにとって気持ち良いものではなかった。

後ろから足音がして、さっきの母親が追いかけて来た。そして、彼の手にお金を握らせた。

「わずかですが、お礼の気持ちです。どうぞお受け取りください」

それだけ言うと暗い中を足早に去って行った。――彼は笑った。

「どうだい。人はこんなふうに勘違いしていたり、間違えたりするんだ。人々がお前さんのことを偉大な救世主か何かと思っているようにな」

彼は腰につけた自分の袋に硬貨をしまいこんだ。わたしは「疲れたからもう休みたい」と彼に帰宅を促した。

家に帰ると血の染みついた衣服を水に浸しておいた。少しずつ血は薄くなっていったが消えなかった。

台の上には彼の飲みかけの葡萄酒が杯に残っていた。わたしは何のためらいもなくそれを飲み干した。

彼とわたしは濃い血で繋がっているのだ。血縁関係であるが故の確執は歴史に多くの悲劇を生んできた。

謙虚な精神と信頼の絆がなければ、平穏な血の存続は難しいものだ。

わたしはうっすら点されたランプの灯りの近くに座り瞑想に入った。

わたしの周りには深い霧が立ち込めていたが、段々と晴れて来た。視ると高い崖の上に長い杖を持った老人が立っていた。

老人は向かいの崖に立ち、わたしが立つ崖との間には深い谷があった。老人が持っていった杖を一振りすると、二つの崖の間に大きな虹が架けられた。

わたしが谷底を覗くと、無数の剣が剣先を上に向けられ並んでいた。谷の途中の木の枝には大きなはげ鷲が、獲物が落ちてくるのを今や遅しと待っている。

(この虹を渡りわたしの元へ来なさい。わたしの元へ来ることができたなら知恵ある者の証として黄金の巻物を授けよう)

わたしは意識を集中した。すると、虹も谷底の剣もはげ鷲も視えなくなった。

わたしは自分の肉体から抜け出し幽体となり、老人の前に立った。

すると、老人はわたしを叱った。

（なぜ虹を渡らないのだ）

（透視したら虹は視えませんでした）

（谷底に剣もないのが視えただろう）

（はい）

（そこまで透視能力が使えるなら、お前はわたしを信じ虹を渡ろうとするべきだ。わたしは虹を渡って来いと言ったはずだ。超能力は使い方によっては役に立つ。しかし、肉体を持った人間が生きてゆくのに最も大事なのは〝信じる心〟を持つことだ）

老人はピカピカに光る巻物をわたしに渡した。

（これはお前の血を遡る系図なるものだ。そこに王の名があろうと物乞いを生業としている者の名があろうとお前が生きてゆくのに何の関係もない。己の血を制することができるのは己しかいない）

そう言うと老人は消え、巻物は空中へ飛んでいった。

わたしはゆっくりと瞑想から醒めていった。

ランプは、（もっと、しっかり生きろ）というようにゆらめいていた。

第８章 「ペテロよ、行って人々に知らせなさい」

ペテロよ、行って人々に知らせなさい

わたしはペテロに心の基本を説いた。
「行って人々に知らせなさい。
りんごの種はりんごを育てる。
善行は多くの善きものを育てる。
何年か経てば多くの人が
善行の実を味わうことができる」

わたしはペテロに訴えた。
「行って人々に知らせなさい。
鳥は美しくさえずり
知らないうちに人の心を癒している。

飾り気のない言葉は
荒んだ心に親しみと愛を伝える」

わたしはペテロを励ました。
「行って人々に知らせなさい。
あなたはもうあれこれ悩むことはない。
行く末を案じ迷うことはない。
己の周りに起きる出来事はすべて
あなたのために出現するのだから」

わたしはペテロに教えた。
「行って人々に知らせなさい。
ゆっくり育て上げている木は
幸福な日々ばかりではないが
涙の日々も精一杯、葉を伸ばし
大きな実をつけようとしている」

わたしはペテロを諭した。
「行って人々に知らせなさい。
紅いりんごと青いりんご
どちらを選ぶべきか迷うことはない。
どちらも叡知を宿している。
味わい尽くせば己の身になる」

わたしはペテロに微笑んで言った。
「行って人々に知らせなさい。
鳥が粗末な巣を持っているように
あなたも眠る所があるのなら
至上の喜びとしなさい。
それは王宮の寝台と少しも変わらないのだから」

川底に棲む石は

道にいる石に訊く。
「ここで何をしているのか?」
石は答える。
「愚かな者を叱るため」
賢者は
よく石を見て
役に立つ石を拾い上げる。
愚者は
よく石を見極めもせず
石を蹴り上げるだけだ。

川底に棲む石は
大きな信念を持っている。
いつ見つけられてもいいように

いつ拾い上げられてもいいように
水で身を浄め
静かにその時を待っている。

道を歩いていてわたしはよく小石を拾った。

小石にいろいろと語りかけた。「なぜ、お前はここにいるのか？」と訊くのが好きだった。

病人の所へ持って行くこともあった。

病人の枕元に拾った小石を置き、「病気で苦しんでいる人をわたしと一緒に治そう」と呼びかけることもあった。

「師よ。小石が病人を治す力を持っているのですか？」

ペテロが不思議そうに訊いた。

「何にでも力は宿っている。言い換えれば、この世界はすべて愛の力で成り立っている。ただ、それを知らないから不調和が起きるのだよ。ペテロ。この石を見たまえ」

わたしは何の変哲もないような薄っぺらな水色の小石を手の平に載せた。

「この小石にすら力が宿っている。何も知らず通り過ぎれば、ただの小石だ。しかし、小石は何かの役に立ちたがっている。そんな小石の生命がわたしはいとおしい。だから、わたしは小石を病人の所へ連れて行き『一緒に愛の力を働かせよう』と呼びかけるのだ」

ある朝、ペテロがわたしの所へやって来てこんなことを言った。

「わたしは師より小石の話を聞いてからというもの道に転がっている気になる小石を持って帰り集めていました。ところが、今朝、小石を集めて入れておいた壺の中を覗くと、一番お気に入りの紫の小石が無くなっていたんですよ」

わたしは大きな声で笑った。そして袋の中からひとつの小石を取り出した。

「この小石のことかい?」

「おお……まぎれも無いこの小石です」

「ハハハ……。どうもこの小石はペテロの所にいても使命を果たせないと思ったらしくわたしの所へ飛んで来たんだよ。この小石をわたしに頂戴できるかな?」

「よろしいですとも。師のお役に立てれば……」

「この小石の話では、夜中に空中を飛んでいて気が付いたらわたしの袋の中にいたと言っている。そして、ペテロに伝えて欲しいと言っている。『人は石を選べるが石は人を選べない。道の上の石でも川底の石でも信念を持ってそこにいる。心して拾いたまえ』——だそうだ」

「ずいぶんと偉そうな石ですね」

ペテロは苦笑いした。

己を知らねば

わたしは川の辺で水を飲んでいた。そこへ一頭のロバを連れて男がやって来た。

わたしは佇み、その様子を見ていた。ロバは驚くほどの荷を背に載せられても従順に男に曳(ひ)かれていた。

わたしはロバに話しかけた。

(苦しくはないか? 辛くはないか?)

ロバはわたしを見た。

(これがわたしの宿命です。ロバとして生まれ、ロバとして働き、ロバとして死ぬのです)

ロバは男に曳かれ去って行った。わたしはロバが積んでいた荷から落ちた枯草を拾った。

後ろからペテロが声を掛けてきた。

「何か良いものを拾われましたか?」

わたしはペテロに一本の枯草を渡した。

「一本の草でもロバでも人でも、〝己〟を知って生きているのといないのとでは大きな違いがある」

蛇と赤い花

わたしは弟子を呼び椅子の上を指差した。

椅子の上では一匹の蛇がとぐろを巻いていた。弟子たちは必死で蛇を外に追いやろうとした。

わたしは立ち上がると戸を開けてやった。すると、今まで手こずらせていた蛇がたやすく外に出た。

その騒動の後、ペテロが一本の赤い花を持って来て何気なく椅子の上に置いた。

弟子のひとりが「今までその椅子の上に蛇がいた。ひょっとしたら、その花は蛇が姿を変えて来たのかもしれない」と言った。

わたしはそれを聞いてペテロに言った。

「蛇の本当の正体が美しい花だと誰が見抜くだろうか？　美しい花の正体が蛇だと誰が見抜くだろうか？　このように椅子の上にあるものの正体さえわたしたちには分からないのだか

ら、王の椅子に座る者の賢愚など分かりようがない」

そして、その言葉の後に続けた。

「ペテロよ。わたしの名や姿や行いに騙されないようにしなさい。わたしの言った言葉をそのまま信じるのではなく、自らの心で判断した上で信じるかどうか決めてゆきなさい」

その棒の名は？

わたしはペテロに一本の新しい棒を差し出した。

「これは何に見えるか？」

ペテロは即座に答えた。

「わたしには棒に見えますが……」

わたしはにっこりと微笑んで言った。

「これをあなたに授けよう」

ペテロは首を傾げながらもその棒を受け取り、わたしと同じように微笑んだ。

「ありがたく頂戴致します。しかし、これはどんな時に使えばよろしいのでしょうか？」

「たとえば、火の中から子を救い出す時、この棒を火の中に投げこめば子の前に道は開け安全な場所へ逃げることができる。また、この世に絶望している人にも幸福を与えることができる。この棒をその人の足元に置けば一瞬にして、その人は過去を振り返り今までの我が身に受けた恩恵に感謝することだろう。また、ペテロよ、あなた自身にも役に立つ。常にあなたはその棒を背負って生きてゆきなさい。そうすれば、わたしと一緒に歩いている気持ちになりわたしの話す意味を深く理解し、人々の心をもっと知ることができよう。ただし、わたしを背負って歩くほどの重さと責任を感じるだろうが……」

わたしは大きな声で笑った。

ペテロは「とりあえず飾っておきます」と言い肩に担いで去ろうとした。

「ペテロよ、その棒には名があるのだが知っているかい?」

わたしはペテロの背に向かって訊いた。

「存じません」

「その名を知っていないと使えない。その棒の名は知恵と言うのだよ」

わたしは歩く。
誰も通ったことのない道を。
右肩には死者の慈愛が降り注ぎ
左肩にはさまよえる人々が縋りつく中
あなたを探して
わたしは歩く。

わたしは歩く。
茨で遮られた道なき道を。
右手には希望の杖を持ち
左手にはちぎれた地図を抱えながら
あなたへと続く道を
わたしは歩く。

わたしは歩く。
道の先に断崖絶壁があろうとも。

日々育てる愛と知恵は
失われた多くのものを蘇らせることを
あなたに知らせるために
わたしは歩く。

時を赦す

わたしとペテロがある貧しい家を訪ねた時のことだ。部屋の中には異様な臭いが立ち込めており、ボロボロの敷物の上には幼い女の子が横たわっていた。一目で重い症状であることが分かった。わたしは部屋の隅でオロオロしている母親に水を汲んでくるよう頼んだ。

少女は呼吸が荒く、時々、痙攣（けいれん）を起こした。わたしは母親の汲んで来た水で手を浄めた後、少女の横に跪き祈りを捧げた。

「最近、この家に変わった事はありませんでしたか？」

母親はわたしの問いに涙ながらに訴えた。

「夫は鞭（むち）打ちの刑の後、それが元で亡くなりました。夫は仲間の虚偽の申し立てで、ありもしないことを自白させられ罰を受けたのです」

わたしはペテロに天井を指しささやいた。

「あそこに上半身裸の血にまみれた男が視える。男の目は憎しみに満ちている」

わたしはそう言うと長い祈りを捧げた。

「何の罪もない者を死に追いやったその償いを、どうぞわたしの体と心で受けとめさせて下さい。そして、その方の心の叫びと体の痛みが消え安らかになり、幼子にまで及んだその方の無念の苦しみが消えますように——」

わたしはその直後、倒れた。遠くでペテロが何か叫んでいるのが聞こえた。

「ああ。師が死んでしまわれた。呼吸も全くしておられない」

ペテロはわたしに縋り付き泣いていた。わたしは天井で浮かびその姿を見ていた。

——どのくらい経ったのだろうか。わたしはゆっくり起き上がった。

「ペテロ、わたしはどのくらい眠っていたのですか?」

ペテロは涙でくしゃくしゃになった顔で答えた。

「もう夜になります」

わたしは小さな欠伸をすると幼子を見た。幼子は別人のように元気になり母に寄り添っていた。

わたしは安心すると、ペテロに「喉が渇いたから一杯の水を」と言うとペテロはすぐ持って来て、わたしの口元に近付けてくれた。わたしは一気に飲み干し立ち上がろうとしてよろけた。ペテロにつかまり、ゆっくり歩いて家を出た。

母親と幼子はいつまでもわたしたちを見送っていた。

わたしとペテロが歩いていると、先の無実の男の霊がわたしに話したがっているのを感じた。

〈あの木の下で話そう〉わたしは心の中でその男に応じた。ペテロに「木の下で休みたい」と言うと、ペテロはすぐにわたしを木に縋らせてくれた。

わたしはその男に心を込めて話した。

〈あなたに何の罪もないことは、神とあなた自身がよく知っている。ひとつの譬え話をしよう。

〈ある所に双子の兄弟がいた。あまりにもよく似ていて他人には区別がつかないほどだった。ある時、兄が悪事を働いたが捕まり裁かれたのは弟の方だった。兄は弟に詫びたが弟は決して兄を許さず双子に生まれたことを呪った。

数年経ったある日、兄に不運が襲った。石運びの仕事場で大石の下敷きになり命を落したのだった。

弟は兄がやっと報いを受けたと喜んだが、母からの話を聞いて辛く悲しい思いになった。母の話によると、その石運びの仕事は弟に話がきたのを兄が『危険な仕事だから自分が行く』と

引き受け、仕事場に向かったということだった〉）

わたしは男の霊に呼びかけた。
（わたしはあなたにお願いしたい。あなたを陥（おとしい）れた者とあなたの受けた痛ましい〝時〟を赦してやりなさい。〝時〟というものは、すべての者に平等に与えられているが、その〝時〟は優しくあったり、乱暴に働いたり、どん底に突き落としたり、幸福（しあわせ）へ導いたりとさまざまな働きをする。その〝時〟の働きを司るのが人なのだ。
あなたは〝時を赦す〟という道を選ぶことだ。それによってあなた自身が救われるだろう）
人の気配がスーッと消えたようだった。

あなたの右手が
風の心を探している。
風は時に乱暴で、時に従順で
「時」の在り処を知っているようで
本当は何も知らない。

わたしの左手が
花の心を探している。
花は思慮深く、慎ましく
「時」の非情を知っているようで
本当は何も知らない。

あなたの右手と
わたしの左手が
出会った瞬間
風の心と花の心が
見つかるだろうか？

さあ、聞いてみよう。
あなたの右手とわたしの左手に。

わたしはペテロに向かって左手を差し出した。ペテロは右手でわたしの左手を握り、わたしが立ち上がるのを助けてくれた。

うっすらとした月明かりの下、わたしは幸福（しあわせ）そうなペテロの横顔を見ていた。

裡なる光

部屋には多くの人が詰めかけていた。動けず座りこんでいる人、隣の人の肩につかまりやっと立っている人、静かに泣いている人。

わたしの癒しの奇蹟を聞きつけてやって来た人々だ。

わたしはわずかばかりの水を持って来てわたしの衣服を濡らした。

その後、わたしはペテロを呼んだ。

「ペテロ、前へ出なさい」

ペテロは病人の集団に近付くのをいやがっていた。というのも集団の中に、顔が崩れたように醜くなり手足も腫れあがった状態の男がいて、ペテロは感染を恐れていた。そして何よりもわたしにそのことを悟られまいとしていたので名を呼ばれると緊張した。

わたしはペテロのいやがっている男を指差し、わたしの所へ手を引いて来るように言った。

ペテロは歯をくいしばり、わたしの所へその男の手を引いて来た。

わたしは他の人々に目を移しペテロに訊いた。

「この中に病の治ることを真に望んでいる人がどれだけいるのだろうか？」

「師よ、ここに集まっているすべての人が健康になりたいと願っています」

「何の罪もないのに病にかかり苦しむとは悲しいことだ。この男も過去の報いとして病を得たのではない。ペテロよ、外へ出るとあの太陽も病んでいるのが分かる。遥か遠い昔、あの太陽は金色の中にも青い輝きを放ち叡知を宿していた。しかし、今、日々自らを燃やしながら病んでいるのだよ」

「太陽が何か悪いものをわたしたちに与えているのでしょうか？」

「太陽は万物を照らすことができても、この世の病を癒すことができない」

ペテロの連れて来た男が呻き声を上げた。

「あなた方は何の話をなさっているのですか？　早くわたしの体を治してください」

わたしは男に向かってこう言った。

「外へ出て太陽の光を浴びなさい。十日間そうすれば、あなたの心に光が宿り病は癒えるだろう」

男はわたしの言葉を聞くと、よろけながら外へ向かって出て行った。

ある日、ひとりの男がわたしを尋ねて来た。

「わたしは以前、あなた様に健康になる方法をお教え頂いた者です」

わたしが太陽の光を浴びるように言ったその男は驚くほど、顔や手足が綺麗になっていた。

わたしは弟子たちに言った。

「見よ、この人の心には光が宿っている。自らの裡なる光は自らの肉体を照らす。この人の心と天からの大いなる光が呼応して働いたのだ。太陽も病んでいる。その心を知ろうとすることだ」

男は申し訳なさそうに言った。

「むずかしい話でわたしにはさっぱり分かりかねます。わたしは言われた通りのことをしただけです」

わたしは彼に訊いた。

「その十日間、あなたは何を考えていましたか？」

「何もすることがないので、この病が治ることを一心に祈り、そして、美しくなった自分の体であなた様へお礼と感謝の気持ちを伝えに行くことばかり思い描いておりました」

わたしは自分の衣服をつまんで言った。

「あなたが始めてここへ来た時、わたしは自分の衣服に水をかけ汚しました。あれは、わたし自身が赦しを乞うためのものでした。何の罪もない人々が目の前で苦しんでいる。せめてもの償いにわたしの衣服を汚しわたしを辱めたかった」

わたしは美しくなった手を取り微笑んで祝福した。

「あなたの感謝の心が天に届きますように」

そこへ若者が飛びこんで来た。

「お前さん、目は治せるかい？」

乱暴な口の利き方だったが、わたしは彼の目を優しく見詰めた。若者の目は目脂でいっぱいで半分も目を開けておれない状態だった。

わたしは弟子に命じ、水を張った器を持って来させその上にわたしの両手をかざした。

「さあ、この水で何度も目を洗いなさい。そうすれば治ります」

若者は器の水で何度も目を洗い続け、澄んだ美しい目になった。

若者は不思議そうに訊いた。

「この水に何か仕掛けがあるのか？」

わたしは答えた。

「いいえ、水そのものには何の仕掛けもありません。ただ、わたしの裡なる神性な光が水に投射され、聖水となったのです」

わたしは振り向きペテロを呼んだ。

「すべてのものに神性なものは宿っている。それはわたしたちの想念にも見出すことができる。神性なる裡なる光が働けば、ペテロ……あなただけでなく、すべての人々がわたしと同じような奇蹟を起こすこともありえる」

わたしはペテロにそう言いつつ、なぜか微かな哀しみを感じていた。

第9章　イスカリオテのユダに語る。「真実の扉は重く哀しい」

ユダよ、重い荷を背負いなさい

わたしはイスカリオテのユダと二人で山に登る夢を見た。あまりにもはっきりとした夢だったので、何かの啓示かと思い、ユダを誘い山に登った。

わたしは背に重い荷を背負っていた。ユダは「わたしが背負います」と言ってくれたが断った。

山頂に近付くにつれ空気が澄み、心身の汚れが洗われてゆくようだった。

わたしは時々立ち止まり、わたしの後を歩くユダを見た。ユダの目は空の青を映し生き生きと輝き、心からわたしとの山登りを楽しんでいるようだった。

(何と美しい従順な目だろう) わたしは荒い息を吐きながらそう思った。

山頂に辿り着くと、そこには多くの光の方たちが集まっておられた。

わたしの目に視えるものがユダにも視え、わたしの耳に聴こえるものがユダにも聴こえた。

光の方たちとの問答が始まった。

まず、ユダにお訊きになった。

（師に従って来た理由を述べよ）

（わたしは師を心より尊敬しております。わたしにとって、かけがえのない方であります）

（今まで生きてきた中で一番感動したことは何か？）

（それは師がお話しになった親子についての譬え話を聞いた時です）

（ユダよ、その物語を話しなさい）

（〈ある所に男の子がいたが、その男の子には両親がいなかった。両親は理由(わけ)あって遠い国にいると聞かされ親類の家で育てられていた。

ある日、男の子が遊んでいると、遠くからじっと見ている男がいた。男の子がその男に近付こうとすると男は走って逃げてしまった。男の子は家に帰り、叔父さんに『僕の親はどこにいるのでしょうか？』と訊くと『母親は働き過ぎで亡くなったらしい。父親の行方も分からなくなっている』と答えた。

『先日、僕が遊んでいるところをじっと見ている男の人がいました。ひょっとして、お父さんではないでしょうか？』

叔父さんは正直に打ち明けた。

『実を言うと、お前の父親はこっちへ帰って来ている。たぶん、その男はお前の父親だろう。先日もお金を借りに来た』

翌日から、男の子は父親の住んでいそうな所を探して歩いた。

ある時、疲れきった顔の男が向こうから歩いて来た。一度見たあの男に間違いなかった。

『お父さんですね』

『違う。人違いだ』

男はそう答えると家の中へ入っていった。

父親には大きな借金があり、とても親だなどと名乗れなかった。

それから後、男の子は大人になると真面目に働き、育ててもらった叔父さんに孝行を尽くした。それでも、実の父親のことは忘れられず決心して家を訪ねた。家の中へ入ると、敷物の上に父親は痩せ細った体を横たえていた。男の子は父親の傍に跪き言った。

『愛する僕のお父さん』

父親は弱々しく首を横に振ったが、幾筋もの涙が頬を伝い流れた。

数日後、叔父さんから父親が亡くなったことを聞かされた。

男の子は一度も会うことのなかった母親を恋い慕い、最後まで父親と名乗らなかった父親のことを忘れることなく一生を終えた〉

師は『親子の絆は強いものがあり、たとえどんな状況にあろうともその愛は深いものだ』とお話しになられました。

わたしは男の子の幸福（しあわせ）を密かに願う父親の気持ちと父親を慕う切ないまでの男の子の心情に心を打たれました）

光の方たちはわたしにお訊きになった。

（この話は何を教えようとしたものか？）

（この世におけるすべてのことは幻のようなものです。真実を捉えようとすると遠のき、幸福（しあわせ）を手に入れようとすると逃げて行ってしまう。そんな無情の世において親が子を想う気持ちほど尊く、無償の愛に満ちているものはない。また、子が親を慕う気持ちの深い所には必ずやってくる別れというものを感知している）

光の方たちは重ねてわたしにお訊きになった。

（何を使命として生きてきたのか？）

（人々の心の中の闇を光に変えること。また、すべての人々は霊的資質を持っていて、転生を繰り返しながら自らの魂を磨き、少しずつ偉大な光の魂へと近付いてゆくことを教えたかった。しかし、わたしの思いと人々の思いとの間には隔たりがありました）

光の方たちはユダに言われた。

（ユダよ。山から下りる時、今度はあなたの背に重い荷を負いなさい）

ユダは言われた通り、登る時わたしが背負った荷を肩に担ぎ、わたしの前を歩いて山を下りた。山を下りきると、ユダはしばらく石に腰かけ休んでいた。わたしは野に咲く花を観察したり、空に浮かぶ雲を追いかけて見ていた。

ユダは山頂での光の方たちとの会話について何の質問もしなかった。わたしはユダがわたしの語った〈親子の物語〉を正確に憶えていることに感心したので訊いてみた。

「なぜ、あの物語が心に残ったのか?」

ユダはポツリと寂しげに答えた。

「幸福（しあわせ）な家庭生活を子どもの頃味わっていないからだと思います……師よ、話は変わりますが、この重い袋の中身は何ですか?」

「開けてみなさい」

わたしがそういうと、ユダは袋の口を開け、アッと小さな驚きの声を上げた。中には何も無かったのだ。

「おかしい。とても重たかったのに――。中には何も入っていない」

わたしは大笑いした。

「わたしがある技を使い袋を重くしたんだ」

「なぜそのようなことをなさるのですか」

「肉体を使い働く人々の辛さや苦しさをわたしの体が忘れないために、機会があれば体に教えこむんだ」

「では、頭の働きはどのようにして鍛えておられますか？」

わたしはその質問が大いに気に入り笑った。

「人々に話をする時、人と相対して会話をする時、わたしは相手の目を見て何を欲しているか知る。そして、頭に知らせ相手の望むような、または相手が学びとることができるような話をつくり上げる」

「目が語ってくるというわけですね」

「そうだ。目は嘘をつかない。人が持つ最も美しい沈黙の王者だ」

「では、心はいかがでしょうか？」

「若い頃、遠い国で心の修練をしたことがある。心というものは自分の中にあるのではなく自分の心を見ようと思ったら、自分の周りの物、人、出来事などを見るが良い。それらはすべて自分の心を映し出す鏡だ。そして、体は年齢と共に衰えてゆくが、心は違う。自分で心の年齢を選ぶことができるのだ」

「ええと……そのう……わたしたち弟子も師の心であるといえるのでしょうか？」

「その通りだ」

「何と畏れ多いことだ」

修練していた国の仙人が、面白い話をしてくれたことがある。

〈仙人の元へ一人の弟子志願の若者がやって来た。『一番簡単な術から教えてくれ』と言う。

仙人は『では、〝風の術〟が良かろう』と若者に言った。

その〝風の術〟のやり方は、ただ立っているだけで良いという簡単なものだった。若者は来る日も来る日も立ち続けたが、一向に風を起こせる気配すらなかった。

ある日、一陣の風が吹き上げ若者は空に舞いあがった後、運悪く崖の途中に生えている木の枝にぶら下がった。仙人が助けに行くと若者は気を失いそうになりながらも恍惚とした表情で訊いた。『今、わたしは風を操り、風を起こしたのでしょうか？』

仙人は答えた。

『いや、お前は風に吹き飛ばされただけだ。〝風を知る〟には、風の五感を持ち、しなやかな自然の従者となることが必要だ』〉

ユダはおずおずと訊いた。

「あのう……、師は〝風になる術〟を会得されたのでしょうか？」

わたしは目を閉じ、「エイッ」と気合をかけた。傍にあった袋が風に吹き飛ばされたように転がってゆき、二人の周りに一瞬強い風が吹いた。

ユダが慌てて袋を取りに行くのを見ながら、わたしは段々と風の力を弱めていった。ユダが袋をわたしに渡した時、本物の自然の風が二人の間を通り抜けていった。

「幸福（しあわせ）」という名の羊

わたしがイスカリオテのユダと話している時、ユダはわたしに「人の名や姿、形は生きてゆくのに大事なことでしょうか？」と訊いたことがある。

その時、わたしがユダに語って聞かせた譬え話をしよう。

「ヘナタンという羊飼いがいた。彼は多くの羊を飼っていたが、それぞれに名をつけ親しく呼んでいた。

ある時、その中の一匹の羊が泣いてわたしに訴えた。『わたしは自分の名を呼ばれるのがいやでたまりません』

その羊は〝悪魔〟と呼ばれていた。羊の毛の右半分は白く、左半分は黒かった。

『〝悪魔〟という名だけはやめて欲しいのです。それ以外なら何でも従います』

わたしはナタンにその羊の願いを伝えた。

『ナタンよ。お前の飼っている羊の中に〝悪魔〟という名の羊がいるが名を変えて欲しいと言っている』

羊飼いは言った。

『名を変える？　名が何をするっていうのですか？　何の問題もありませんよ』

『あなたはそう言うが、名というものは大事なものだ。生きものは名のように生きようとするものだ』

ナタンはわたしの言うことを承諾し、その羊の名を〝幸福（しあわせ）〟に変えた。

数日後、わたしがその羊を訪ねると、ションボリして目に涙を溜めていた。

『あまりにわたしが良い名をもらったので仲間から妬（ねた）まれ仲良くしてもらえないのです。これでは前の名の方が良かった』

わたしは〝幸福（しあわせ）〟の羊に言った。

『勇気を持ちなさい。喜びを知りなさい。お前のその毛の生え方が他の羊と違うことに誇りを持ちなさい。向こうで草を食べている仲間にその喜びを伝えなさい。その喜びは大きな力となり愛となる。お前の生き様を見て他の羊も、もっと己を知ろうとするようになるだろう』〉」

ユダの顔は穏やかでわたしへの信頼に満ちていた。ユダは羊の話が気に入ったようだった。

わたしはユダに小さな箱を渡した。

「わたしからの贈り物だ」

その小箱は、わたしが父から習った技術で精巧に造られていた。ユダは喜び受け取った。

「ありがとうございます」

「ユダよ。あなたの心の中にもそのような美しい小箱を持つことです」

「心の中に持つ小箱には何を入れるのですか？」

「あなたが人を愛する心を持つと、小箱の中には、どんどん宝が入ってゆきます」

ユダは下を向いて小さな声で訊いた。

「人を愛するとは、どのようにしたら良いのでしょうか？」

「とても簡単です。いつでも、どこでも、誰にでもできることです。自分を少しでも向上させ進歩させようと努力することが人への愛に繋がるのです。

愛する心というのは枯れることがありません。愛は、その時々に姿を変え、自らだけでなく他者も助け、大きな光で照らしてくれます」

誰か泣いていたのか
青草が濡れていた。
羊飼いは
「幸福(しあわせ)」という名の羊を探した。

群れから離れた所で
空を見上げ泣いていた。

他の羊たちは固まって
楽しそうに草を食べていた。

羊飼いはその羊たちを
「幸福(しあわせ)」の所へ連れて行った。

そして、羊飼いは教えた。
広い心を持って

仲間同士仲良くせよ、と。

羊飼いは
いつも、すべての羊のことを想い
大切に守り育てた。

偽の孫娘

わたしもイスカリオテのユダも、野の花を眺めるのが好きだった。野の花は語らずとも、わたしたちの心を慰めて希望を与えてくれた。

わたしはユダに、野の花がいかに精巧に己をつくり上げ、いつ、どのように咲けば良いかを知っている賢者であるかを話した。

「人に教えを説く時の師より、野に遊ぶ時の師の方が輝いていています」と遠慮がちにユダは言った。

わたしが花の咲いていない所を探して座るとユダもそれに倣(なら)った。

「ある物語をしよう」

わたしが話し始めると、一斉に野の花も耳を傾けたように感じた。

「〈両親と一人息子は裕福な生活を送っていた。りっぱな家に住み、息子は働かなくても充分に生活ができる豊かさだった。

ある朝、両親が起きてみると、一人息子は一通の置手紙をして出て行った。

手紙には、〝ここにいて何不自由ない生活を送るより旅に出て、いろいろ勉強したいと思います〟と書かれていた。

両親は帰らぬ息子を待ちながら長い年月を経て、すっかり年老いた。もはや、両親には何の希望もなく、いつか帰ると信じていた息子との懐かしい過去を振り返るだけだった。

そんなある時、ひとりの若い娘が両親を訪ねて来た、そして一通の手紙を差し出した。その手紙はまぎれもない息子の字で、こう書かれていた。

〝お父さん、お母さん、長い間連絡もせず申し訳ありませんでした。わたしは重い病を患い、あとわずかの命です。この手紙を持って訪ねて来る者はわたしの実の娘です。妻も早くに亡くなり、この娘には身寄りがありません。どうか、わたしが継ぐはずの家や財産をこの娘に与えてやってください。――そして、わたしの親不孝をお許しください〟

娘は悲しそうに言った。

『この手紙を書いて数日後に父は亡くなりました』

両親は娘の話を信じ、息子の死を悲しみながらも突然現れた孫娘に喜んだ。そして、両親は孫娘と三人で幸福（しあわせ）に暮らした。

ところが、娘の語った話は事実ではなかった。娘というのは全くの嘘で息子と深い親交のあった遊女だったのだ。

息子が裕福な家庭の出身であると知っていた遊女は、死に瀕している息子に偽の手紙を書かせ、息子が死んだ後、孫娘に成りすまし息子の邸に乗りこんだのだ。しかし老夫婦は最期までその驚くべき事実を知らず偽の孫娘を愛し喜びに満ちた日々を送った。

そして、不自由な体になった老夫婦に献身的に尽くす孫娘に感謝しつつ死んでいった〉」

わたしが話し終えると、ユダは天を仰いだ。

「さて、ユダよ。息子の両親にとって真実を知った方が良かったと思うかい？」

ユダは野に咲く色とりどりのひなげしを指差した。

「あのひなげしたちにとって、どんな色に咲くのが幸福（しあわせ）なのか、という問いに似ていますね」

「深い所ではそういう意味だ。わたしたちの日常生活にも多くのことが隠されている。しかし、ひとつひとつ厳しく取り上げたら鞭(むち)がいくつあっても足らないだろう」

わたしは足元に咲く小さな薄桃色の花に触れた。

（何と愛らしい。いつか夢の中で見た花とよく似ている。その花は嵐の中を必死に咲いていたが、とうとう散ってしまった。目覚めてからもその花へのいとおしさが残った。わたしが花を愛するのは、その生き方が気高く真摯であり、命の在り処さえ知っているように思うからだ）

わたしはユダの横に座った。

「ユダよ。この世に生まれたからには風のように生きて風のように去りたいものだ」

「わたしは師がいなくては生きてゆけません」

ユダは遠くの山へ目をやりながらそう言った。わたしも自然の清い空気の中で素直に自分の思いをユダに語った。

「過去における歴史の真実を正確に話せる者など誰ひとりとしていない。時には、歴史の間違った解釈に戦さえ起こる。歴史を変えることなどできないが、冷静に顧みて寛容な精神に立ち返ることも必要だろう。しかし、〝今〟を真摯に生きることこそ一番大事だ。それに世界は誰の所有物でもないが、権力を持つ者がどこまでも自分のものにしようとして戦を仕掛ける。悲しいことだ。

〝平和〟などという見せかけの平安に騙されてはいけない。みせかけの〝平和〟の名の下には、差別に泣く者、重税に苦しむ者、貧苦とたたかう者など、信じられないほど多くの人々が喘ぎつつ日々を凌いでいる。

たとえ、あるひとつの国が栄え、その国の民が裕福であったとしても、世界中の人々がその国と同じような境遇でないと真の平和とは言えない」

ユダは頬を紅潮させ聞いていた。

「果たして、そういう夢のような世界が実現する日が来るでしょうか？」

「いつかは来るだろう。しかし、そこに辿りつくまでには大きな試練があるだろう。あらゆる国の人々が武器を捨て、物資崇拝の心を改め、愛と智の心を知り、万物がすべて繋がっていることを理解し、生かされていることに感謝の念を抱く時世界に奇蹟は起きる」

ユダはわたしの話に驚いたように目を見張り、遠慮がちに言った。

「師は人々の頂きに立つことより、人の心というものを大事に考えておられるのですね。仲間のなかには、武力で革命を起こそうと、師のやり方に苛立っている者もおりますが……」

わたしは立ち上がり、ユダの肩に手を置いた。

「ユダよ。人の心というものはそんなに簡単に変えれるものではない。たとえば雀が鷲に姿を変えることなど不可能だと思うだろう。そのくらい人が自らの考えを改めることは奇蹟に近い」

わたしは寂しげなユダの目に気付いた。

「ユダは人を愛したことがあるのか?」

「……いいえ。……ありません」

わたしはそれ以上、何も言わなかった。

駱駝(らくだ)の涙

「師よ、この者は泣いています。どうしたのでしょうか?」

わたしが弟子たちと歩いていると、物乞いをしている男が泣いていた。わたしは座って泣いている男の目に両手を置いた。

「じっとして動かないでいなさい。泣くことはない。あなたの目は見えるようになる。そうすれば、明るく生きることができる」

しばらくして、わたしは男の目から両手を離した。男はぼんやりと空(くう)を見ていたが大きな喜びの声を上げた。

「ああ、目が見える。これは本当のことなのか？」

驚きとうれしさのあまり呆然としている男にマグダラのマリアが近付き、男の手に銀貨を握らせた。

そして、わたしたちは何事もなかったかのようにその場を立ち去った。

ある時、わたしがひとり歩いていると数人の男たちに囲まれた。

「偽救世主め。頭が変になっているお前のことを信じる者は誰もいないぞ」

わたしは黙って男たちの言うことを聞いていた。すると、見憶えのある男が長い棍棒を持ってわたしを取り囲んでいた男たちを追っ払ってくれた。

わたしはその男のことを思い出し笑いかけた。

「目が見えるようになるとやはり便利だ。今度はわたしが助けられる番だった。だが、さっきの男たちには好きなことを言わせておけば良いのです」

そして、目の前の男を観察するとずいぶんさっぱりとした恰好で生活の安定ぶりを思わせた。

「一匹の迷える小羊が飼主の元に帰れたようですね」

わたしがそう言うと男は話し始めた。

「目が見えるようになってもわたしの生活は苦しいものでした。盗みを働きかけたこともあります。そんな時は、いつもあなた様を思い出し一生懸命働きました。今、幸福（しあわせ）な生活を送っております」

わたしは近くの石段に男を誘い二人でそこに腰かけた。そして、男に語って聞かせた。

「生きてゆくのは大変なことです。生きてゆくには知恵が必要ですが、それ以上に愛の心を持つことは大切です。しかし、まず己を知らなければ人を愛することができない。

譬え話をしよう。

〈老いた一頭の駱駝がいた。その駱駝はすでに瀕死の状態だった。飼主は祈りを捧げ安らかな死を願った。ところが隣の住人が『もうすぐ死ぬのだから』とわずかの金で譲って欲しいと願い出た。飼主は今まで精一杯主人のために働いてきた駱駝より、わずかのお金の方を選び駱駝を手放した。駱駝の長い睫毛は涙で濡れていた〉」


愛を知る者は、愛を手離さない。

愛を知る者は、愛を裏切らない。

愛を知る者は、見返りを求めない。

愛を知る者は、己を映す鏡を持っている。

愛を知る者は、己の姿にふさわしい愛を、
人知れず隣人に施そうとする。

向こうからペテロが走って来た。

「こんな所にいらっしゃったのですか？　探しておりました」

違う方向からイスカリオテのユダも走って来た。

「ユダ。あなたも来たのですか？　ちょうど良い。皆であの丘まで歩いて行こう」

太陽の光は柔らかく、散歩には心地好かった。

あなたが寂しくなったなら
明るい挨拶を、お互いそれだけで
花を見るように気持ちがほどけてゆく。

あなたが雨に濡れていたら
迷わず雨宿りをしなさい。
雨は必ず止むのだから。

あなたが涙で頬を濡らす時
自分に慰めの言葉を掛けなさい。
（わたしは決してひとりではない）と。

あなたが謂れなき辱めを受けたなら
その場から離れ、無知なる者を笑いなさい。
あなたは誇りある人格者なのだから。

あなたが何の理由もなく裁かれたら
勇気を持って立ち上がり
真実を友として闘いなさい。

あなたが病に倒れたら
その病を厭わず、諦めず
奉仕の気持ちを持つことです。

あなたの希望が崩れ去ったら
新しい履物を求めなさい。
再び、勇気と共に歩き出すために。

あなたの愛する人が天に召されたら
慎ましく喜びなさい。
死者は新しい世界へ旅立ったのです。

再会の時まで、愛する死者は
あなたと共に生きているということを
決して忘れることのないように。

あなたが死を迎えた時
すべてのものに感謝を捧げなさい。
「出会い」はひとつ残らずあなたのためでした。

あなたが生きてゆくための
太陽であり、闇であり
「あなた自身」であったのです。

わたしたちは男と別れ、ペテロとユダと三人で歩き始めた。

気分が良いのか楽しそうにペテロが訊いてきた。

「師よ。いったいあなたはどこからやって来られた方なのでしょうか？　わたしたちに何を与えようとなさっているのでしょうか？」

わたしはしばらく考えていたがゆっくり答えた。

「わたしが何事か為し成功すれば、英雄のように扱われ誉めたたえられるだろう。失敗すれば、わたしの名は砂の中に埋もれ後の世にも残りはしない。しかし、わたしは使命があることを感じている。大きな使命だ。と言っても世界をひとつにするとかいうのではない。人々の意識を高めるということだ。そして、真理を――人というものは霊的な生き物であり、転生を経て、より高い次元の存在に近付くこと――広め伝えることだ」

ペテロは少しがっかりした口調で言った。

「では、ユダヤを救う特別な存在というわけではないのですね？」

わたしはユダに言った。

「わたしは遥かな輝ける場所からやって来た。精神の最高に進化した所だ。ユダよ。いつか謎の解ける時が来る。その時はユダよ、あなたが悪夢から解放される時だ。それは実に多くの時を経なければ成就しないだろう。その時、人々は驚くだろう。真実の扉は何と重く哀しいものであったかということに」

山上のユダとわたし

わたしとイスカリオテのユダと二人で山に登った時のことだ。わたしの周りに夥しい数の小鳥が集まって来た。わたしが空に向かってパン屑をいっぱい放り投げたからだ。

ユダは愉快そうに笑った。わたしたちは幸福に包まれていた。

わたしはユダに訊いた。

「世界で一番高い山の名は何と言うか？」

ユダは答えた。

「〝師への敬愛〟という名の山です」

わたしは重ねて訊いた。

「世界で一番深い湖の名は何と言うか？」

「〝師への信愛〟という名の湖です」

わたしがユダとにこやかに談笑している時、わたしは軽い胸騒ぎを憶えた。と思う間もなく見知らぬひとりの若者が立っていた。わたしたちの後をつけて来たようだった。

「何の用か？」

わたしの問いには答えず、その若者は無遠慮にわたしたち二人を見た後、ユダに向かって言った。

「こんな美しい男は今まで見たことがない」

その後、わたしへの批判を始めたが、それは聞くに耐えないものだった。若者が語り尽くすとわたしは一言だけ返した。

「貧しい花瓶に花は飾らない」

若者はわたしが相手にしないと知ると、山を下りて行った。

ユダはわたしの言った言葉の意味を知りたがった。

「いろいろと考えてみるのも楽しいものだ。……人が人を想う気持ちは何にもかえがたい。人の持つあらゆる感情の中で……人を想う気持ちほど……切なく美しいものはない」

ユダは下を向いて聞いていた。わたしは話を続けた。

「ユダよ。もし、わたしのため世界を敵にまわしても何かしてくれるというなら、それはわたしへの愛の証だ。ユダがどれだけわたしのことを想ってくれていることか。そして、わたしもユダに弟子以上の信頼の気持ちを寄せている」

ユダは静かに微笑み頷いた。

第10章　十二使徒への言葉と花の魂

十二使徒

わたしは弟子たちを引き連れてペテロの母の知人であるラフマを訪ねた。ラフマは山奥の洞窟に住んでいた。

わたしを見ると、ラフマはわたしが来るのが分かっていたかのようにあたたかく迎えてくれた。そして、わたしの後ろにいる弟子たちを見て「暴動でも起こすつもりか？」と笑った。

わたしも笑いながら言い返した。

「十二人で何ができるというのでしょうか？」

ラフマはわたしに虹色に輝く巻物をくれて中を見るよう促した。わたしは巻物をほどいたが何も書かれていなかった。

「わたしには何も読むことができません」

ラフマはわたしに透視するよう言った。わたしは巻物の上に手を置き意識を集中した。すると、始めに暗黒の世界がありやがて一点の光が現れた。

わたしは一点の光が視えたことをラフマに伝え、それがいったい何であるか訊いた。

「その一点の光こそが創造主――つまり『神』なのだ。その光が万物を生みだした創造主であるということは、万物が『神』と繋がっているというだけでなく、万物同士も繋がっていることを意味している」

わたしはラフマに訊いた。

「いかに人々に説くべきでしょうか？」

ラフマは答えた。

「人の生涯は短い。何も分からぬまま死んでゆく。あなたが説こうとしている真理は人々にとって大海の如く広く深い。この時代には藻屑のようにあしらわれるだろう。あなたの言葉を弟子たちに伝え広めてゆかせなさい」

わたしは最初にイスカリオテのユダを呼んだ。

「ユダに告げよう。あなたの哀しみは果てしない。わたしはその哀しみをわたしの背に負う。そのために、わたしは愛されることより慟哭の人となろう。……つまらない話だ。いったい誰がわたしの真の気持ちを知り泣くというのだ。ユダよ。人々はあなたのためにこそ泣くべきだ。小さな正行は大きな陰徳を生む。ユダよ、あなたの深い哀しみをわたしの背にのせなさい」

次にトマスを呼んだ。

「トマスに告げよう。あなたの日々の行いを省みなさい。汚れたサンダルはその日のうちに汚れを落としておきなさい」

次にタダイを呼んだ。

「タダイに告げよう。あなたが右手に秘密を隠し持っていても左手が暴露します。このようにうまく隠されたことでもいつか必ず明るみに出ます」

次にアンデレを呼んだ。

「アンデレに告げよう。地の中に潜(もぐ)りひそむものに用はない。光の中で生きようとする者に勇気を与えなさい」

次にシモンを呼んだ。

「シモンに告げよう。あなたが美しいと感じるものから心に留めてゆきなさい。そうすれば、あなたの心は花園にも劣りません」

次にゼベダイの子ヤコブを呼んだ。

「ヤコブに告げよう。災いと幸福(しあわせ)は背中合わせでやって来ます。災いに遭えば、どこかに幸福を見つけようとするでしょう。また、幸福に包まれていてもいつ災いに遭うかもしれないと警戒するでしょう。その深い思慮と謙虚さが冷静な行動に繋がります」

次にヨハネを呼んだ。

「ヨハネに告げよう。大事な家族よりわたしへの忠誠を選んだヨハネよ。あなたは険しい山に登る決意をしたということなのだ」

次にペテロを呼んだ。

「ペテロに告げよう。あなたの見たことを賢者に伝えなさい。愚かな耳を持つ者は知るということはありません」

次にバルトロマイを呼んだ。

「バルトロマイに告げよう。もし、あなたが誰かに石を投げられたら、その痛みはわたしと分かち合っていると思いなさい。何も恐れることはありません。無知なる者は手に石を持つのです」

次に小ヤコブを呼んだ。

「小ヤコブに告げよう。目をしっかり開けて何でもよく見なさい。人の言うことに惑わされてはいけません。正しいかどうかの判断より、あなたの心に叶う道を選ぶべきです」

次にマタイを呼んだ。

「マタイに告げよう。いくら高い塔を造ろうと思っても天に届くものではありません。人の話によく耳を傾け広い心を持つことが必要です」

最後にピリポを呼んだ。

「ピリポに告げよう。あなたはわたしの弟子である前に自分の意志を持つ一個人であるという自覚を持ちなさい。それにより、あなたはもっと自分を輝かせることができるでしょう」

わたしはラフマに言った。

「この十二人がわたしの選んだ使徒です。彼らは特別な教養を積んだ者たちでもなければ、知的な働きができるわけでもない。だが、霊性においては秀でている。わたしはこの者たちに出会った瞬間、それを見抜いた」

わたしは十二人をわたしの周りに集めた。

「これから、あなたたちはわたしが教えたことを広め伝えてゆきなさい。恐れることは何ひとつない。人々の心の中に宿る神性なものを目覚めさせ、まずは自らの心を救うよう易しく話すのです。病に苦しんでいる人を治せなかったり、悪霊を追い出すことができなかったらわたしを呼びなさい。わたしはどこにいても、あなたたちが助けを求めれば遠隔にて対処することができます。

あなたたちに反感を抱いたり、しつこく絡む者がいたら相手にせず逃げなさい。腐った葡萄の実は捨てることです。

何があろうともわたしから学んだ教えを宣べ伝えてゆきなさい。そうすれば、あなたたちは、どんな迫害に遭おうとも死後、天に喜び迎えられるだろう」

容赦ない日射しが
両肩に、睫毛（まつげ）に降り注ぐ。
わたしは生きた証として
ぼろ布を纏（まと）い歩き続ける。

わたしの差し出す言葉は
嵐によって育てられ
光る雫（しずく）となって
あらゆる地に風が運んでゆく。

憧れの地は遥か彼方
霧に隠され見えはしない。
足元に咲く花に奇蹟を想い
わたしは歩き続ける。

幻のように過ぎてゆく日々。
わたしはあなたの時を止め教えよう。
あなたの心は
広大な愛の海であることを。

アザミの見る夢

「向こうの川岸まで歩いて行こう」

わたしがそう言うと弟子たちは驚いた。川の深さはどう見てもそんなに浅くはない。人の丈(たけ)くらいはあるだろう。

そこへひとりの老婆がやって来た。わたしは「何とかして向こうの川岸へ行きたいが良い方法はないか?」と訊いた。

老婆は肩から担いでいた袋から一本の棒を取り出し川に放り投げ言った。

「ほら、あの棒のように浮くことができればわけなく水上を歩ける」

すると、みるみる小さな棒は大木となり向こう岸へ架かった。

弟子たちは口々に、今見た奇蹟の方法を伝授してくれとわたしに頼んだ。

わたしは言った。

「小さな棒を大木に変える術などわたしは知らない。小さな棒は目にも止まらぬ早さで流れて行った。そのあと、わたしは川底に沈んでいた大木と話をした。大木は『年老いて根が弱り風で飛ばされ川に流された。そして、川底の石に挟まれて動けない。川底より浮かび上がりたい』と言ったので、わたしは川底の石に大木を自由にしてやるように頼んだ。大木は石が転がってくれたので自由になり、川に浮かびあがってきて向こう岸に丸太橋のように架かってくれたというわけだ」

一行は次々と、滑らないよう気を付けつつ丸太橋を渡って向こう岸へ渡った。

老婆は一部始終その様子を見ていたが、わたしに向かって訊いた。

「あなた様は木や石と話せるくらいだから、鳥や花や雲――何とでも話せるってことだ」

わたしは笑って答えた。

「こちらにその気があっても向こうにその気がなければ話せない」

老婆も大声で笑って言った。

「人でも同じことが言える」

一行が川の辺でひと休みしていると、二人の幼い兄弟がやって来た。

兄はわたしたちの休んでいる近くで持っていた袋を開け、中から二つのパンを取り出した。ひとつは大きめのパンで、もうひとつは小さかった。

わたしはこの二人の兄弟の様子を観察していた。すると、兄は何の迷いもなく小さい方のパンを食べ始めた。弟は兄のと同じくらいの大きさにパンをちぎり、残りは膝の上に置き食べ始めた。兄は食べ終わると弟に「どうして全部食べないのか？」と訊いた。弟は「お兄さんと同じだけ食べればいい。自分達は兄弟なのだから」と言った。兄は弟の膝の上の残りのパンを二つに割り、一つは弟に与え祈りを捧げた後、もう一つのパンを食べた。

二人の兄弟の身なりは、豊かな生活を物語ってはいなかった。

わたしは二人の兄弟に近付き、名を訊いた。兄はマンナと答え、弟はヨッパと答えた。二人とも美しい瞳をしていた。

弟子が呼びに来た。出発すると言う。わたしはまだ二人と話したい気持ちを押さえその場を離れた。

一行が歩き始めた時、わたしは何気なく後ろを振り返り兄弟の姿を見ようとしたが、不思議なことに二人の姿は消えていた。

わたしはペテロに、さっき会った兄弟の話をした。すると、ペテロは驚いたように言った。

「あの辺りにはわたしたちの他には誰もいませんでした」

わたしが驚く番だった。

「いや、わたしは見た。二人は仲睦まじくパンを食べていた」

わたしは事細やかに、いかに兄弟がパンを分けあって食べていたかをペテロに話した。ペテロはわたしの話に興味を持ち、もう一度その場所へ行くと言う。

わたしたち一行は、その場所へ引き返した。

わたしがこの辺りだと指差すと、パン屑が落ちていた。

そして、白いアザミの花が一本の茎から二つの花をつけて咲いていた。

鳥は笑った。
人の命は儚いものなのに
どうして幸福(しあわせ)の欠片(かけら)ばかりを
集めているのだろう。

鳥は笑った。

虹の命は儚いものなのに

どうして七つの色を
必死につくろうとするのだろう。

一日を終えて
鳥が森に帰ってみると
巣は何者かに潰され落ちていた。
鳥は涙した。

その夜、鳥は風吹く枝で
人の幸福（しあわせ）の欠片を想い
虹の美しい生き様（ざま）を想い
羽根を震わせた。

花の魂

わたしは幼い頃、人と話をするのが苦手だった。と言うより人の話すことが理解できなかった。わたしは唖と間違われたり、馬鹿呼ばわりされたりもした。

わたしには年子の弟がいた。彼は幼いながらもよく喋っていた記憶があるが、わたしが五歳の時、養子に出されたらしい。わたしは弟のいなくなった事情は分からなかったが、とても寂しかったことを憶えている。

わたしは花が好きで、よく花を観察したり、花と会話したりした。そして、イスカリオテのユダにその花を贈った。わたしはユダになぜかしら五歳の時別れた弟の面影を重ねていた。わたしのそんな小さな好意を彼は素直に喜び受け取ってくれた。

わたしはそんなユダに心を許していた。

ある時、わたしは白い小さな花を見つけた。その花は細い茎にたくさんの花をつけた今まで見たことのない美しい花だった。わたしと共にいたのはペテロだけだったので、仕方無くペテロに訊いた。

「ペテロは花をもらうとうれしいかい？」

ペテロはわたしの顔色を見ながら答えた。

「師から頂けるものなら何でも喜んで頂きます。しかし、正直なところ花を頂いても飛び上がるほどうれしくはありません」

わたしは花を手折る時、その花に許しを乞い、その花がどれだけ人に喜びと幸福を与えてくれるか教える。すると大概の花は納得し、わずかにわたしの方へ花の体を傾けてくれる。


ある日、ひとり草原を歩いているとひなげしが話しかけてきた。

(わたしは人の手は悪魔だと思っています。人の足も同じです。平気で踏みにじります。どうぞ、わたしを摘まないでください)

ひなげしは誇り高く言った。わたしの目にはそのひなげしの命が残りわずかのように見えた。盛りの時を過ぎ、花びらにも葉にも精気が無くなっていた。

わたしがその場を立ち去ろうとすると、ひなげしは一瞬、花の首をわたしの方に向けた。

(お待ちください。あなたの心は澄んでいて、とても美しい。どうぞ、わたしを摘んでお持ち帰りください)

わたしはひなげしにお礼を言い手折り胸に抱いた。するとはらはらと花びらが散り、一本の茎が残った。わたしはそっと草の上に一本の茎を置くと光の天使たちが大事そうに抱えて空へ昇ってゆくのが視えた。

花は風が吹けば涙を浮かべる。
いつ散ってしまうのかと
風の機嫌を取って揺れている。

花は人の足音を聞くと不安になる。
いつ踏まれてしまうのかと
目立たぬように目を閉じる。

花は人の手が伸びてくると決心する。
まごころ込めて咲こうと
人の手のなかで笑いかける。

花は教えられなくても知っている。
命を終えた仲間の魂が光となって
花々の上に戯れていることを。

突然に雨が降り出した。ペテロはわたしに呼びかけた。

「急ぎましょう」

わたしは空を見上げ、わたしたちの周りだけ雨が降らないよう祈った。すると不思議なことにわたしたちの周りだけ雨は降らなくなった。

「何と不思議なことだ」

アンデレが感嘆の声を上げた。

「さあ、行こう」

わたしは一行を促すと先頭に立って歩き始めた。本当にそれは不思議な光景だった。わたしたち一行の周りだけ雨が降らないのだ。

ペテロがわたしの耳元でささやいた。

「師よ。この方法などはわたしにもできそうです。空を見上げて祈れば良いのですね？」

わたしは大声で笑った。何と無邪気な弟子だろう。まるでわたしのことを魔術師か何かのように思っているのか。

「ペテロよ。簡単なことではない。わたしひとりの力でなく、大いなる光の方と繋がった時に奇蹟は起きる」

　わたしはひとつの譬え話をした。

「たとえば、鳥について話そう。鳥は夕方になると自分のねぐらに帰ってゆく。一日を終え安らぎの場所へ帰るのだ。大いなる光に守られながら――。それも鳥と大いなる光が繋がっているからだ」

　ペテロは納得したように言った。

「鳥にも心があり、いつも祈りを捧げているというわけなのですね」

「いや、鳥はそれすらも必要としない。空を自由に飛ぶことを許されている鳥は、わたしたちには無いものを持っている。一日を終え寝ぐらに帰ってゆく鳥は数々の奇蹟を見ていることだろう。ただ、鳥はそれを意識していないだけだ。ペテロよ。わたしたちにも同じことが言えないだろうか？　大いなる光の奇蹟に気付かないでいることが多過ぎやしないだろうか？」

太陽が青く燃え始め
異変を知らせていた。
地の底を揺さぶるような

轟(とどろ)き音は一瞬にして
世界の大陸を海底に沈めた。

それからの長い沈黙。

わずかに生き残った鳥が
最初に生まれ変わった世界を見た。
海中から隆起してできた大陸。
荒れ狂い流れを定めぬ海。
曇天の中の白い太陽。

夢の知らせで
高山の木に舟を繋いでいた家族は
生き残り開拓者となった。
壮大なる事変を目撃した末裔(まつえい)として
今の世界があることを

人々よ、忘れてはならない。

五本の指の働きは

わたしが弟子や信奉者の一団を前にして話し始めると、ペテロはいかにも考えこむような恰好で居眠りを始めた。それでいて、わたしが質問すると割と良い答えを出したりする。

わたしはペテロに訊いた。

「なぜ人の片手には五本の指があるのか?」

ペテロは答えた。

「お金を数えるのに五本あると便利でしょう」

「では、お金がないのなら五本も要らないのか?」

「とんでもありません。どの指も生活になくてはならないもので、それぞれの指がよくわきまえ自分の仕事をしています」

ペテロがはっきり目を覚ましたところで、わたしは次のような譬え話をした。

「〈ある裕福な家庭に五人の兄弟がいた。長男は背はとても低かったが兄弟をよくまとめ、両親も安心していた。次男の弟は怠け者でふらふらばかりしていた。そして、あれが欲しい、これが欲しいと指差し親に物をねだった。

三番目は心の優しい娘だった。親の言うことをよく守ったので親も金持ちの男と結婚させようといろいろな相手を勧めたが、娘は良い返事をすることがなかった。

三男は頭は良かったが変わっていて、部屋に閉じこもったまま出て来ようとしなかった。

四男は兄や姉の言うことをよく聞き、何か役に立ちたいといつも思っていた。

長男は両親に言った。

『わたしは長男として兄弟をしっかり教育します』

両親は喜び長男に思いを託した。

長男はまず、二男に言った。『これからは何を指差しても買い与えられることはない。欲しいものがあったら我慢して空を差せ』

弟は恨めしそうに『空には欲しいものがありませんよ』と言ったが、従順な性格でもあったので、欲しいものがあると空を指差し自分の欲求を押さえた。

二男が市場を歩いていると好みの衣服が並んでいた。二男はすかさず空を差した。上空には鳩の群れが飛んでいた。商人は二男が空を差したのを見て、すぐに並べていた衣服を片づけた。

その直後に鳩の糞が落ちてきた。

『あなたのおかげで商売物の衣服が汚されずにすんだ。あなたの指は本当に役に立つ』

と商人は礼を述べた。

二男は何とも言えぬ複雑な気持ちで家に帰り、長男の兄に言った。

『生まれて初めて人に礼を言われ感謝された』

ある日、兄弟の中で唯ひとりの娘が家の前を歩いていると、木の大きな車に果物や野菜を積んだ若者が通りかかった。身なりは貧しく生きることに必死な様子が娘には一目で分かった。

娘は裕福な家に生まれても贅沢をせず、常に自分の心を磨くよう努力していた。

車から一個の無花果（いちじく）が転がり娘の前で止まった。娘は無花果を拾うと若者に言った。

『この無花果をわたしに頂けませんか？』

若者は目を輝かせ答えた。

『あなたのものになることを約束された幸福（しあわせ）な無花果です。どうぞ、お受け取り下さい』

ベールに顔を覆われた娘の頬は赤く染まった。それから、娘はいつもその若い男が通るのを待ち、二人は愛し合うようになった。娘の両親は反対したが、二人は結婚を決めた。

三男は、長男に『家の中に閉じこもってばかりいないで外へ出てみなさい』と言われ、しぶしぶと外へ出た。勇気を出して通りがかりの人に道を尋ねてみた。すると、その人は丁寧に教えてくれた。通りすがりの人に肩が当たると向こうから『すみません』と謝り微笑んでくれた。太陽は、まるで三男の外出を祝うかのようにすべてのものを輝かせていた。

（今まで何を恐れ、怖がっていたのか？）

三男が喜びに浸っていると後ろから突然に声をかけられた。

『わずかでも結構です。わたしにお恵みあれ』

三男は全くお金を持っていなかった。たぶん、三男の身なりを見て物乞いをしてきたのだろう。三男が断るとその男は口汚く罵った。三男は走って逃げながら考えた。

（こんな目に遭っても、ひとりの世界に閉じ籠もっているより、外の世界を知る方が幸福（しあわせ）だ）

家に帰ると、長男に今日あったことを話し勇気を出して生きてゆくと約束した。

四男に長男は言った。

『お兄さんやお姉さんの言うことを〝はい、はい〟と聞くだけでなく、自分の考えでしっかりした生き方をしなさい』

すると、思いもかけない答えが返ってきた。

『はい、お兄さんの言われる通りです。良い所はお手本にし、駄目だと思う所は真似しないようにしてきました。安心して下さい』

このように五人の兄弟は、長男を敬いつつ何かあれば団結して立派に成長した。

そして、月日は流れ父親は臨終の床にいた。五人の兄弟を呼び寄せると次のように語った。

『今までよく五人で力を合わせ助け合いお互いよくやってきた。五人のうち一人が欠けてもお前たちは不自由な思いをして不幸に思うだろう。手の五本の指も一緒だ。一本欠けても不自由だし、どの指も特質を持っている。これからも仲良く暮らしてゆきなさい』〉」


話し終わるとペテロに訊いた。

「五人兄弟の中でペテロは誰に似ているのかな？」

ペテロは直立不動して答えた。

「誰にも似ていません。ですので、六本目の指になるでしょう」

いつの間にか集まり、話を聞いていた村人たちから笑い声が起きた。

わたしは村人たちの前に行き右手を広げてみせた。

「皆が普段何気なく使っている五本の指は、一本でも欠けたらとても不自由なことになる。わたしたちの体は手の指に代表されるように偉大な道具であり、神秘の産物である。それは、あなたたちが病気になったり、事故で体の一部を失った時初めて気付くことが多い。神からの賜りものであり預かりものである体は大切にしたいものだ」

五本の指の役目を教えよう。
親指は　ひとりよがりをなくすため
先頭にあっても
他の四本の言うことをよく聞く。
人差し指は　健康を司るため
〝心と体を労れ〟と
目立たぬように気を配る。
中指は　仲間と争いを避けるため
まん中に立って
左右を見張る。
くすり指は　人からの忠告を聞こうと
控え目にしながらも
耳を澄ましている。
小指は　我が身が死を迎えた時
すべてに感謝を伝えるため
そっと寄り添っている。

人は流転にありて

石段には、数羽の鳩が歩き廻っていた。木々の葉はわずかにそよぎ、心地好い風が安らかな気持ちにさせていた。

石段に腰をかけていると、わたしの座っている横に――誰もいないのに――長い黒い影が伸びていた。わたしは（何だろう）としばらくその影を眺めていた。辺りには誰もいなかった。

そこへ仲良く手をつなぎ二人の女の子がやって来た。わたしが名を訊くと少し背の高い方が姉エリサ、もうひとりは妹キヨムと名乗った。二人とわたしは同じように石段に座った。

キヨムは明るく目の動きが速く活発そうだったが、エリサは小さな声で話す物静かな子だった。エリサは時々、小さな手を合わせた。わたしが「何をしているのか？」と問うと、「こうすると願いごとがかなうの」と答えた。

女の子とのお喋りはわたしに楽しい時間を与えてくれた。

しばらくすると、二人の母親が迎えにやって来た。母親は丁重にわたしに言った。

「あなたの貴重な時間を二人が邪魔しませんでしたか？」

「いいえ、とても楽しく過ごせました」

とわたしは二人の女の子に微笑んだ。親子三人は楽しそうに帰って行った。

その後、何気なくキヨムの座っていた所を見ると、一瞬彼女が高い崖のような所から落ちてゆくのが視えた。

わたしは不安に駆られた。今、視たものは過去の出来事なのか？　未来に起こることを示唆したものなのか？　わたしは急ぎ足で親子の帰って行った方向へ急いだ。しばらく行くと、さっきの二人の姉妹が家の前にいた。

「一緒に遊ぼうよ」

キヨムがうれしそうに声を掛けてきた。

わたしはキヨムに訊いた。

「今までに高い所から落ちたことはあるかい？」

キヨムは前髪を上げて額の大きな傷跡を見せた。

「この先にランセルっていう所があるけど、その崖から落ちたことがあるわ」

（わたしが視たのはその場面だったのか？）

わたしとキヨムの会話を聞いていたエリサは何も言わず家の中に入って行った。すると、すぐに母親が家から出て来てわたしを不審そうに見て訊いた。

「何かご用がおありでしょうか？」

「いや、散歩しているだけです」

とわたしが答えると、母親はキヨムを抱きかかえるようにして家の中へ連れて入った。

わたしが視たものが過去のことなら良いのだ。将来起きる可能性があれば、危険な高い場所に行かないよう注意したかったのだ。

わたしはランセルの方向へ向かって歩き始めた。さっきの黒い影もわたしの横についてきていた。通りすがりの人にランセルへの道を訊くと、この先すぐの所だと教えてくれた。その場所は予想していた通り、子どもが遊ぶような場所でなく落ちれば死に至るような崖もあった。

（なぜ二人はこんな所へ来て遊んでいたのか？）

わたしは草の上に座り、キヨムらの住む家の方を見た。さっきまで空を覆っていた灰色の雲は流れてゆき太陽が明るく家並を照らしていた。

突如、ついて来た黒い影が語り出した。

（エリサがキヨムをここへ誘い出し崖から突き落したのだ。幸いなことにキヨムを守ろうとする光に受け止められて額の怪我だけで済んだ。エリサは過去世においてキヨムに殺されている。その憎しみと復讐心が現世にまで及んでいる）

わたしはその黒い影に何者であるか訊いた。

（わたしは、あの姉妹の先祖の者だ）

わたしは姉妹の住んでいる家の中を透視しようと意識を集中した。

キヨムは母にまとわりつき甘えていた。エリサが母親のエプロンにそっと何かを忍ばせて立ち去った。しばらくすると、母親はポケットに手を入れ叫び声を上げた。母親の大嫌いな虫が出てきたからだ。

わたしの視ていたものを先祖なる者も視ていて言った。

（たとえどうであろうと、わたしはエリサもキヨムも同じように愛している。近すぎないよう、離れすぎないよう見守っている）

わたしは草原に寝ころんで〝血〟というものを思った。人々の体を脈々と流れ、子孫へと受け継がれてゆく〝血〟というものは、愛にも憎しみにも姿を変えるのか。

わたしは落ちていた一枚の葉っぱを陽に透かして見た。美しい網状の葉脈が浮き出た。草の中には目立たないような白い花が咲いていた。木も花も〝血〟に惑わされず生きているのだ。人は流転にありて、血に翻弄され生きている。それを見守り救ってくれる先祖の力というものも確かにあるのだろう。

キヨム、エリサの姉妹を見守っていたあのような先祖なら良いのだが、そういう例ばかりではないだろう。それは歴史が物語っている――。

わたしはそこを立ち去る時、もう一度キヨムの落ちた崖の所へ行った。上から見る崖の下はあまりにも暗く悲しみに満ちていた。

虹と鳩

ある裕福な家庭の邸に招かれたことがある。

わたしが部屋に通された時、すでに多くの人が集まり、あちこちに談笑の輪ができていた。

わたしの姿を見ると、ひとりの客人が寄って来た。

「あなたが今評判の先生ですな。わたしも今日は是非ともお話をお伺いしたいものです」

そこへ男の子が走って来た。その後を召使が追いかけていた。わたしの横を通り過ぎる時、男の子はわたしの手の中に小さな紙片を握らせ部屋から出て行った。

召使はわたしに謝り、その紙片を取り戻そうとした。

「申し訳ありません。お客様にゴミを渡すなんて……どうぞ、こちらへお返し下さい」

召使の申し出をわたしは微笑みながら断った。

「子どもの贈り物はどんなものでもうれしいものです」

そして、さっき話しかけてきた男の方を向いた。

「お話の途中、大変失礼致しました。……わたしは名もない平凡な者で特に今、お話するようなことはありません」

その男はニヤリと笑い、

「いやいや、思っていたより親しみやすいお方のようだ。あっちにわたしの友が集まっている。向こうへ行きましょう」

と、わたしを大きな人の輪の中へ連れて行った。

「皆さん、このお方が最近、わたしの頭を悩ませている先生だ」

一斉に皆の目がわたしに注がれた。みすぼらしい身なりのわたしに比べ、そこに集まっている人々は小奇麗できちんとした装いだった。

「ああ、このお方なら知っている。わたしが以前通りを歩いている時、何人かに囲まれお話をなさっていた」

と、輪の中のひとりの男がわたしを上から下まで眺めながら言った。

他の人々も口々に何か言い始めた。「何か話を聞かせろ」という雰囲気だった。

「わたしはあなた方がお喜びになるようなお話は何ひとつできませんが……今、思いついた虹と鳩の話をしてみたいと思います」

誰かが嘲笑うように大きな声を上げた。

「何だって？　鳩がどうしたって？　先生の頭の上に糞でもしたのかい？」

皆の笑いの中、わたしは先ほどの男の子のくれた紙片を広げて見た。なんと、そこには驚いたことに鳩の絵が上手に描かれていた。わたしは頭の中で何かが繋がる音がした。

わたしはひとりの男を指差した。

「あなたと一対一でお話がしたい」

高みの見物と決めこんでいた男は慌てて人垣の後ろに隠れたが、アッという間に前に押し出された。

わたしは男の子の描いた鳩の絵を男に見せた。

「ここに一枚の絵がある」

すると、男はよく見もせずポツリと言った。

「カエルじゃないのか?」

周りの人々はその絵を覗きこみ口々に言った。

「鳩だよ。どう見ても鳩だよ」

「カエルだ」と言った男はこれでお役目ごめんとばかり引っ込んでしまった。

(意気地の無い男だ。相手にできる連中はひとりもいない。虹と鳩の譬え話は止めよう)

わたしは失望した。そして、ひとつの窓を指差した。

「あの窓から何が見えるのか?　ある時は雨に濡れる木々、ある時は陽に照らされ光る屋根、ある時は病をかかえ心沈む人、ある時は恋する幸福(しあわせ)な若者、ある時は秘密を悟られまいと腕組をしながら歩く人。窓はいろいろ映し出し見せてくれる。また、窓から外を見る人の心もその時によって違う。幸福で穏やかな時もあれば、悲しみに打ちひしがれた時もある。この一枚の窓が見せてくれるものは人生模様そのものです。皆さんはなぜこうして生きているのか分かりますか？」

奮然として、ひとりの男が進み出た。

「わたしは誰が見ても非の打ちどころのない生活をしている。厳しく法を守り、生活に困らないよう金を貯え、神へ祈りを怠らないようにしている。このような生き方をしているからこそこうして人からも馬鹿にされず何の不満もなく生きておれるのだ」

わたしはそれに答えず、再び鳩の絵を出して皆に見せた。

「あなたの生活は鳩とあまり変わらないようだ」

誉められると思った男は、わたしの言葉を聞き怒り出した。わたしは男を無視して緊迫した部屋の空気を変えるため召使に窓を開けさせた。

すると、開けると同時に一羽の鳩が部屋の中に入りこんできた。

「おおー」

一同から驚きの声が上がったが、一番驚いたのはわたし自身だった。

「手の込んだことをなさるお方だ」

ひとりの男は、誰かが外から部屋に鳩を放りこんだに違いないと窓の外を見回した。

鳩の足からは血が流れ怪我をしていた。鳩を抱きかかえ窓の外を見ると、陽は照っているのに小雨が降り始めていた。

鳩の足はとても空を飛べる状態ではなかった。

窓の外に誰か協力者がいると疑った男が笑いながら訊いた。

「あなたはここへ来た時、最初に虹と鳩の話をすると言ったが、この鳩が空に虹を架けて奇蹟を起こすわけですな」

わたしは鳩の様子を気遣いながら答えた。

「その通りだ。この鳩でさえ思わぬ奇蹟を起こす。ならば――人であるなら――人としての道を歩むものならもっと大きな奇蹟を起こせる」

わたしは鳩をかかえ、一同の注目を背に浴びながら退出した。

玄関口には絵をくれた男の子が立っていた。

「上手な鳩の絵だったでしょう」

そう言うと、わたしの胸にいる鳩を見つけ叫んだ。

「僕の描いた鳩は生きていたんだ」

わたしは絵を男の子に返し、（幸いあれ）と男の子の頭に手を置いた。

外へ出ると小雨が降っていたが、雲間から陽が射し始め、瞬く間に大空に虹が架かった。

偶然に手渡された鳩の絵、わたしが即興で話そうと思った虹と鳩の譬え話、窓からいきなり飛びこんで来た鳩、大空に架かる虹。このすべてのことが偶然にもひとつに繫がった。次々と起こってゆく人生の一コマ一コマは実は偶然ではないのだ。人の一生は偶然のように見える断片の数々が集まり一枚の絵のようにできている。ただ、人はひとつひとつの断片がどの部分か知らないだけだ。

わたしの胸の中で動かない鳩に話しかけた。

「見てごらん。あの大きな虹はお前が架けたのだよ」

あの邸の部屋の中でも、客人が窓から虹を見ていることだろう。

虹は羽ばたく、永遠の時を見定めて。
わずかな時を生きる人々よ。
なぜ己の姿を見ようとしないのか。
虹は消える、永遠の時を捉えて。
白く光る水滴に

かすかな命を残しながら。

つがいの鳩が身を寄せ合っている。
警鐘が鳴りひびく中
誰も立ち上らないのか。

次に架かる虹など待たないで
蔓(つる)をゆするように人々に呼びかけ
一歩を歩き出そうではないか。

哀れな蛇よ、いつまで地を這うのか。
真(まこと)を知らぬ羊よ、いつまでさ迷うのか。
閉じられた幕よ、いつまで秘するのか。

見よ、幸いなるものよ。
すべての魂は永遠に

幾つもの時の波を越えてゆく。
大いなる魂と出会うため。

第３部
運命の時は来た！

第11章　ユダとの約束

わたしはどこから来たのか

約束の場所へ行くと、そこにはイスカリオテのユダが立っていた。わたしは彼の辛そうな顔を見て抱きしめた。すると、わたしの衣服の肩あたりが濡れた。わたしは訊いた。

「どうしたのだ?」

ユダは小さな声で答えた。

「ここへ来る途中で汚水をかけられたのです」

わたしの頬を涙が伝った。

なぜ汚水をかけられたのか、誰が汚水をかけたのか聞かなくてもわたしには分かった。

休む場所を探し座ると、ユダは気丈に言った。

「何も心配することはありません」

そもそもの原因はわたしにあった。

ある家の女の子が重い病を患っているから助けて欲しいと知人から連絡があり、その家に出向いたのが事の発端だった。

女の子はかなり衰弱していた。集まった家族、親類の期待の目がわたしに注がれているのが痛いほど分かった。

わたしは持てる力をすべて集中し、女の子に光を与えた。女の子は目を開け、か細い声で「水」と言った。母親の腕に抱かれ女の子は水を飲もうとしたが、ガクンと首がうなだれ息を引き取った。

家族たちは泣き叫び、悲しみのあまりわたしが何の奇蹟も起こさなかったことを罵った。

わたしは女の子の体から霊魂が抜けてゆくのを視た。残された女の子の肉体に家族たちはしがみつき泣き続けた。父親は、じっと立っているわたしに気が付くと「出て行け」と怒鳴った。

その時、一緒にいたのがイスカリオテのユダだったのだ。

帰る道すがら、ユダはわたしを気遣い、

「死者がすべて生き返るなら大変なことになりますよ。生きる意味さえ分からなくなる」

とぼそぼそ喋った。

わたしはユダに命の神秘について語った。

「いつ、いかなる時に人は命を失うか誰が知り得よう。わたしは人の命を甦らせることや命の長さを延ばすことを目的にいるのではない」

ユダは亡くなった女の子の父親に汚水をかけられたことを告白した。

「分かっているよ」

わたしはそう言うと目を閉じ、亡くなった女の子の霊と話し始めた。女の子はわたしに訴えた。

(父を許してやってください。父はわたしを失い悲しみのあまり失礼なことをしたのです。父は後悔しています。もう一度、わたしの家へ行き父に会ってやってください)

わたしはユダを誘って、日を改め女の子の家へ出向いた。

父親は以前と比べずいぶん落ち着いていた。

「子の死にわたしは混乱し、おふたりに大変失礼なことを致しました。子のためにどうぞお祈りをしてやってください」

わたしは快く申し出を受け、女の子のために心を込めて祈りを捧げた。そして、残された家族を慰めた後、退出した。

月明かりは二人を照らし、わたしの心は平穏だった。今この時こそ、わたしの心境を語るのにふさわしい空気が漂っていた。

「わたしは魔術師でもなければ、奇蹟を売りものに世渡りをしている者でもない。もし、奇蹟を見たいと言う人がいるなら田舎へ行ってみるが良い。そこには、大空の下で草を食べる羊の群れ、草原に咲き乱れる花々など、自然の姿を目の前に見ることができる。その自然の姿こそ奇蹟と呼ぶにふさわしい。わたしのやっていることは修練すれば、他の人もできる可能性はある。死者を甦らせた、などと大袈裟にわたしのことを言う人がいるが、そうではなく、その者に命の力が残されていたということだ。命とは神秘的なものだ」

二人の間に静かな時が流れた。

「ユダよ。わたしに残されているのは死への道しかないのではなかろうか？　これまで人々に話してきたことが果たして真に理解されることがあっただろうか？　人々は最初はわたしに興味を持ち喜び迎え入れたが次第に離れていった。それは、わたしが偉大な力を持つ救世主と宣言したこともなく、勇敢な革命家でもないことを感じ取ったからだ。

わたしは巨大な力を持つ軍を相手に戦い、多くの人々の血を流すなどという考えは持ち合わせていない。そんな闘争心を感じられないわたしから人々が離れるのは当然の成行だ」

「師よ。師の正体は救世主でいらっしゃるのでしょうか？」

すると、いきなり天より白い光がわたしの体を貫いた。わたしの口から不思議な言葉が語られ、目に視えない相手と会話を始めた。

驚くユダにわたしは言った。

「わたしは神聖な領域からある使命を持ち地上に降りて来た。それは、人々の心に灯りを点すことだ。わたしの教えの根本はわたしが生まれる前よりすでにあったのだ。ただ、わたしはその教えを分かりやすく人々に広めることを目的としていた。人間は霊的な存在であること。

転生により魂を磨き、より光り輝くものとし、自らの裡に誰もが持つ神の存在を信じて生きること。この世界は調和の法則で成り立っているが、その法則が生きるには、人々の愛と知恵が必要なのだ」

ユダは涙で濡れた顔をわたしに向け跪いた。

「師よ。師の望まれることは何でも致しましょう。たとえ、わたしの命と引換えだったとしても喜んで従いましょう」

わたしは擦り切れているユダの上着の肩に手を置いた。

「ユダよ。あなたの愛を決して忘れはしない」

ユダに密かに頼む

わたしがイスカリオテのユダの横に座ると、待っていた彼はうれしそうにわたしを見て微笑んだ。さやさやと吹く風が二人の頬を撫(な)でてゆき、星の瞬きさえなければ、まるで未知の世界に迷い込んだようだった。踏みしだいた草の匂いでわたしは我に返り、やっと話す気になった。

「ユダよ、最近わたしの周りは特に不穏だ。ペテロが教えてくれた情報によると、最高法院(サンヘドリン)

内部でわたしの暗殺を計画しているらしい。彼らはわたしを捕らえる機会を狙っている」

ユダの哀愁を帯びた瞳が一段と曇った。わたしはユダの狼狽えるのを落ち着かせようとした。

「いつの時代でもそうだが、大きな権力の下には悲惨なダビデの首が幾つも転がっている。また、正義が勝つなどという論理はほとんど役に立たない。弱者の上には多くの茨の塔が立てられてゆく。その圧力に耐えかね、弱者は暴動を企てたり、救世主の出現を今か今かと待ち望むのだ。

わたしはこの期に及んで逃げる気はない。そこでユダに一役買ってもらいたいことがある」

「……わたしにできることならお役に立ちたいと思いますが……」

「わたしの動静を最高法院の奴等に教えてやって欲しいのだ。そうすれば、奴等がわたしを捕らえるのに手間はかからない」

ユダは返事をためらった。

「それは……いくら何でも引き受けかねます。わたしはそんな形で師を裏切ることはできません」

「ユダよ、お前ならわたしの言うことを理解できると信じている」

ユダはしばらく泣いていたが、長い沈黙の後、やっと顔を上げて言った。

「わたしは師を愛しております。師がわたしにお望みであるなら勇気を持って言われた通りやりましょう。たとえ、わたしに雨の如く石が投げられ、人の行いに非(あら)ずと虐げられようとわたしの心は師と供にあります」

わたしはユダの瞳を見詰めた。ユダの瞳は戸惑いと決意とが入り混じっていた。

音ひとつしない静かな時が流れ、空は厚い雲に覆われて星が消えてしまった。

わたしはユダに言った。

「見よ、あの夜空を――。星はすべて隠された。真実を告げる星は長い間、雲に閉ざされ瞬くことは無いだろう。

だが、奇蹟は起こる。人々の意識が高くなり始めた後(のち)の時代にひとりの女がわたしに目を癒されたことを想い出すだろう。そして、彼女は霊力を働かせ、わたしの『声』を聴き真実を明らかにしようと試みるだろう」

ユダは肩を震わせ泣いていた。ユダは心よりわたしを愛していたのだ。

ユダは声を振り絞るようにして言った。

「わたしが死ぬようなことがあったとしたら、それは師への裏切りによる自責の念と皆は考えるでしょう。しかし、それは違います。愛する師との別れが耐えがたいからです。わたしは師のことを言葉に尽くせぬほど愛しておりました」

わたしはユダの言葉に慟哭した。

最近は弟子志願もほとんどいなくなり、反対に無力な説教師などと陰口を叩かれていた。あからさまに「あなたはいつ王となられるのですか？」と訊いたりする者さえいた。

わたしに残された時間は無いのだ。

ユダはわたしの心をよく察していた。わたしが有罪となったら、たぶん彼は死を選ぶだろう。皆は彼の死の原因はわたしの裏切りによる罪の意識からと思い、わたしとの別れによる絶望感から死を選んだと思う者はひとりもいまい。

ユダはわたしにとって弟子以上の存在であり、かけがえのない愛する相手であった。

「さあ、ユダ、もう帰ろう」

わたしがそう促すと、ユダは一度立ち上がりかけてまた、座った。

「師よ、どうぞ先にお帰り下さい。わたしは、いろいろ考えてみたいことがあります」

それを聞いてわたしも座り直した。

懐かしい日々が想い出され、二人の話は尽きなかった。それは、今重大な困難に直面しているということを忘れさせ、幸福（しあわせ）さえ感じるほど心が安らいでいた。

イスカリオテのユダはわたしの前に座ると、こう切り出した。

「この頃、とても変な動きがあります。師がお話されているところを監視しているような者がいたり、わたしたちの行く後をつけていて振り返ると隠れたりする者がいます」

「わたしの命が狙われているとでも言うのかい？」

「はい。何が起きるか分かりません。お気を付けになった方が良いと思います」

「もし万が一そのようなことがあってわたしが死ぬようなことになっても、それはそれで良いのだ」

「しかし、師に何かあった時、師を敬い信じて来た者は、どう生きてゆけば良いのでしょうか？」

「わたしが死んだら、あなたたちにわたしが日頃話していたことを人々に広めてゆけば良いではないか？　困難な道だが、人々は救われたがっている」

「わたしたちにそのような力があると本気でお考えですか？」

わたしは夜空に瞬いているひとつの星を指差した。

「信じる力というものは驚くほどの力を持っている。たとえば、あの星のように暗いほど強く光る」

ユダは考えこんでいた。

「ユダよ。人が人として真（まこと）に生きてゆくには多くの必要なものがある。ひとりひとりが必ず持ち合わせている気高い精神と寛容な愛の心は特に気付いておくべきだ。だが、人は肉体に束縛されてしまい、真（まこと）の生き方はなかなか難しい。

ユダよ。一日中寝転んで空を眺めていたことがあるかい？　雲はいろいろ形を変えてゆく。元の形はどうだったのか？　元々、形など無かったのだ。雲の生き方のように、柔軟な思考を持ち、偏った力に縋らず、均衡のとれた生き方も大事なことだ」

「師よ。まだわたしには学ばなければいけないことがたくさんあるようです。今の話も憶えておきます」

「ユダなら、今のわたしの話を理解することができるだろう。そして、〝宿命〟ということも忘れてはならない。ユダと出会い、こんな話をすることも偶然ではない。求め合う魂がその機会をつくるのだ。これもひとつの法則のようなものだ」

「師は人々には、今のような話をあまりなさいませんが……」

「いくらわたしが話をしても理解できなければ意味がない。だから、わたしはよく譬え話をする。しかし、わたしの教えは深い意味を持つ。――ユダよ、手を出してみなさい」

おずおずとユダはわたしの前に両手を差し出した。

「この手が何を欲しがっているか、わたしには分かる。愛に飢えている」

ユダは哀しそうに下を向いた。

「ユダよ。わたしはあなたに深く信頼を寄せている」

「あまりにありがたいお言葉で、どうお答えして良いか分かりません」

わたしはしばし沈黙した。

「人にはそれぞれ使命や目的がある。誰もが生まれる前に地上での人生計画を立てるのだが、ひとたび肉体を纏うと、そのようなことは一切忘れてしまうようにできている」

「師よ、わたしにはどんな使命があるのか教えて下さい」

「あなたの魂は知っている」

わたしはそこまで言うと目を閉じ沈黙した。長い沈黙の後、わたしの目から涙が溢れた。

「ユダよ。あなたとわたしの心は遠く離れている」

「師よ。いつもわたしの心は師と共にあり、師と共に生きております」

「ごらん、ユダ」

わたしは空に幽(かす)かに瞬くひとつの星を指差した。

「あの星は約束の星だ。わたしの星を輝かせるために、ユダは自らを闇としてくれるだろう」

「わたしには師のおっしゃることが分かりません」

「ユダよ、わたしにはあなたの言うように身の危険が迫って来ている。今日さえも分からぬ命だと言っても良いかもしれない」

「わたしのような者でも師のお役に立つことがあれば何でも致しましょう」

「弟子たちに教えておきたいことはまだあるのだが、その時は近付いている。残された時間はないのだ」

まるで夢を見ているかのように
大地は荒らされ
鳥は全く鳴かなくなり
死者の列はどこまでも続き
飢えた狼が牙を剥く。

その中を静かに
名もない灯りが点される。
その灯りはやがて

あらゆる国境を越え
あらゆる民族を越え
世界をくまなく照らす。

ひとりひとりが掲げる灯りが
大きなひとつの灯りになる時
わたしの果たせなかった願いが叶う。

その楽園の灯りを
わたしはどこで見ることになるのだろうか？

第12章　命が狙われている

誘惑

嵐の夜だった。

激しく戸を叩く音が聞こえた。ちょうどその時、わたしとペテロはその日会った人物についての話をしていた。ペテロは半分ほど目を開け眠りの中にいるようだった。

「誰か来たようだ。ペテロ、出てみなさい」

ペテロは目をこすりながら戸口に向かった。戸を開けると同時にペテロの腕の中に若い女が倒れこんだ。

「わたしを助けて下さい。悪魔に追いかけられています」

ペテロは落ち着かせようと彼女を座らせた。外は雨、風が激しく吹き荒れているようだった。

わたしは彼女の目をじっと見詰めた。

「あなたは嘘を言っている」

ペテロは彼女の濡れた衣服や髪を拭くためのものを探しに行った。

わたしは戸口を指差した。

「出て行きなさい。あなたは何のためそんな嘘をつくのか？」

「あなた様は、体から悪霊を追い出してくださると聞いています。どうぞ、その力をわたしにお見せください」

ペテロが布を持って来て女に与えた。

わたしはその様子を見ながら女に言った。

「あなたは墓場へ行くが良い。そこで、あなたの言う悪霊とやらと死に旅立つが良い」

ペテロは驚いたようにわたしと女を交互に見た。

「これでも悪霊がついてないとおっしゃるのですか？」

女は身につけていたものを全部脱ぎ捨てた。ペテロは大きく目を開け女を見ていた。

わたしは笑った。

「あなたは自分の体によほどの自信があるとみえる。どんな男もあなたの体の前に平伏すとでも思っているのか？　あなたの心は体以上に美しいはずなのにもったい無いことに心を汚してしまっている。今の若々しいあなたの体は男を跪かせることができるかもしれない。しかし、やがてあなたは年老いてゆく。苦悩しつつ生きてきたことをあらわす銀髪、人知れず迷いを乗り越えてきたことをあらわす深い皺――あなたの人生が顔や体にいつか、はっきりと現れる。

今の自分の若さだけに溺れていてはいけない。醜いだけだ。そのままの姿で外を歩きたまえ」

ペテロは気の毒そうに女を見た。女は悔しそうにわたしを睨んだ。

わたしは女に言った。

「あなたがなぜここへ来たのかそのわけは知らない。わたしへの誘惑か？　誰かに頼まれたのか？　どちらにせよ、わたしにはあなたより嵐の中に立つ木の方が魅力的だ」

わたしがペテロに目で合図すると、ペテロは女の衣服を外へ投げ出した。

女はわたしに何の迷いもないと見てとると嵐の中に消えて行った。

「今の女は誰かの陰謀でしょうか？」

ペテロはまだ釈然としない様子で訊いてきた。

「たぶんそうだろう。お金をもらって動いている女だ。いろんな罠を仕掛けようという作戦だろう。論判では、なかなかわたしに勝てないからわたしに反感を持つ者たちが思いついたのだろう」

ペテロは口ごもりながら訊いた。

「師にとって嵐の中に立つ木は、そんなに魅力があるのでしょうか？」

わたしは思わず笑った。ペテロもつられて笑い部屋の空気が少し和んだ。

わたしはペテロに花びらをかたどった小さな置物を渡した。

「ほら、ペテロが探していたものだ。贈り物だ。受け取ってくれ」

ペテロは恐縮して、その置物を受け取った。

「ありがとうございます。ただ、わたしは……その……置物など探してはいなかったのですが……」

わたしは笑った。

「そうか。わたしの勘が狂うこともあるのだ」

ペテロが腰からさげた袋に置物を入れる時、近くに人の気配を感じた。わたしがペテロと歩き始めると数人の固まりがじっとわたしたちを監視しているようだった。わたしはそれを見てペテロに言った。

「わたしの後を追い回し、少しでも非を見つけて陥れようとしている」

そして、わたしは一軒の家の前で歩みを止めた。

「この家の中にわたしの救いを待っている人がいる」

わたしはその家の主人に、

「わたしの話を聞いてもらえませんか?」

と慎ましく訊ねた。

わたしの後をつけて来た者たちは、遠巻きに何が起こるか見張っていた。

幸いなことにそこの主人は、わたしたちを快く招き入れてくれた。部屋では家族が輪になり談笑していたが、その中のひとりの女が気付いたようにわたしに訊いた。

「あなた様は、そこの先にある会堂の近くでお話をなさっていた方ではありませんか?」

「そうです。この中で何かお困りの方はいらっしゃいませんか?」

かなり高齢の老人がわたしに言った。

「わたしはもう老いぼれて何の困りごともない。ただ、わたしは死んだらガリラヤ湖の湖上を歩きつつ天に昇ってゆきたいと思っている」

わたしは老人を見詰め頷いて言った。

「わたしはあの湖上を歩いたことがあります。美しい月夜の晩でした」

一同からドッと笑い声が起きた。

「あなたは優しい人だ。この老いぼれの戯言(ざれごと)をちゃんと聞いてくれる。あなたの目は澄んでいて美しい。だが正直にあなたに打ち明けると、こうして皆と話して楽しそうにしているのも上辺(うわべ)だけで人を心から信じることができない。わたしは死ぬまでに真っ直ぐな心でありたいと願うのだが……」

わたしは老人の胸中の吐露を尊く思った。

「人の心の動きはとても繊細なものです。そして、いつも喜びの中にいようとしています。そのためには、自分の閉じられた心を解放して喜ばせるのです」

老人は潤んだ目でわたしを見た。

「わたしは先がもう長くない。人のため何の役にも立たず、人から誉められるようなことも一度も無かった」

老人の横に座っていた女が老人の肩を抱いた。二人の顔はよく似ていたので、親子であることがよく分かった。

わたしは老人の手を握りしめながら、彼の謙虚さと孤独を思い胸が一杯になった。

「あなたは長い人生を生き抜いてきたのです。その勇気と経験と知恵は称えられるべきものです。あなたがたとえ、人に対して自分の心を正直に見せなくても、あなたの真の心はあなたを支えようと今まで忍耐し努力してここまできたのです。あなたはあなた自身とあなたの周りの方たちに感謝すべきです。

この世には、虐げられたり、謂れのない差別に苦しんだり、今日食べるものが無かったり、思いがけない不運に泣いていたり、愛する人を亡くし絶望の底にいたり……人は様々に生きています。それらの人々の心の奥の震えまでわたしは知ることができません。本当の心の苦しみや痛みの深さは、当人以外知ることは不可能です。

しかし、わたしはそういう人々に自信を持って言うことができます。生きてさえいれば、必ず救いの道は開かれていると——」

老人はわたしたちが帰る時、涙を流し出口まで見送ってくれた。

見張りをしていた男たちが近くまで寄って、何事が起きたか知りたがっていた。

わたしはペテロの袋の中からわたしの贈った花びらの置物を取り出し、数人の見張りに見せた。

「ここに住む老人の魂が姿を現した。これがそうだ」

見張りの者たちはギョッとして後退り(あとずさ)りした。

わたしは花びらの置物をペテロの袋に入れ、ペテロと大声で笑いその場を去った。

わたしへの失望

ある会堂における出来事だった。わたしが来るという噂を聞きつけ人々が集まっていた。

わたしはそれらの人々を見て、このわたしに皆は何を期待しているのだろうと思った。わたしは譬え話を取り入れ、興味を持ちやすいように話をするように心掛け、わたしを捕らえようとして目を光らせている連中から巧みに焦点をはずすようにしていた。

そして、目立たない村の地域を回っていた。危険人物として名前が挙がっていることも知っていたし、命が狙われていることも充分察知していた。

ひとりの男が訊いてきた。

「先生の話では、人々が救われる夢のような国がつくれると言うが、それはどのようにしてつくれるのか？　また、その国の王はあなたなのか？」

「国と言っても、王など要らない精神的な国のことを言っている。ひとりひとりが今の生活を見直し改め、自分への愛を周りの人へも向けるようにするところから始めるのだ」

男は失望を隠さず吐き捨てるように言った。

「では、戦うために立ち上がり、我々の国をつくるという話ではないのだな。先生は我々を今の苦しい屈辱的な生活から抜け出させてくれる救世主でも何でもないわけだ」

他の男がわたしを弁護するように言った。

「しかし、この先生は聞くところによると、病人を治したり、悪霊を追い出したり、いろいろな奇蹟を起こしているというではないか？」

さっきの男は首を横に振った。

「いや、この先生は我々が待ち望んでいる方ではない。わたしはこの先生がどこの出身か知っている」

集まった人々は、ひそひそと話し合い退出していった。

人々は、今の貧窮生活から解放してくれる革命の先導者たる人物を求めている。わたしのような生温(なまぬる)いやり方では何の闘志もない男として映るのだ。

わたしへの期待は日々、疑惑と軽蔑に変わりつつあった。

魂を視た日

路上には片方のサンダルが落ちていた。わたしはサンダルを拾い上げ辺りを見回した。かなり、くたびれてはいたが最近まで履いていたような感触があった。そのサンダルには紐の所に赤い布が巻いてあった。

わたしはそのサンダルを手の上にのせ透視しようと意識を集中した。

とても広い邸が視えた。豪華な敷物、りっぱな調度品の数々、かなり裕福な家のようだ。

向こうから犬が走ってくるのが見えた。わたしが口笛を吹き「ポーロ」と呼ぶと、わたしに飛びつきうれしさをどう表現しようかとして腹を見せ寝転んだ。

透視はポーロにより中断され、サンダルを持ったままわたしは友人の家に着いた。友人の妻メイニは、わたしの持っている片方のサンダルを見て喜びと驚きの声を上げた。

「その赤い布の巻いてあるサンダルはわたしのものです。時々、ポーロがいたずらして持って行くのです。ほら、もう片方はここにあります」

メイニはもう片方のサンダルを見せてくれた。そのサンダルにもしっかりと赤い布が巻かれていた。ポーロは叱られてわたしの横に座った。

メイニの顔は生活に疲れてはいたが、夫セトを愛し、支えている喜びに満ちていた。

家の中は質素な暮らしぶりを物語っていた。わたしが来る途中に視たあの邸はいったいどこだったのだろう？

メイニは髪に美しい髪飾りをしていた。

「綺麗な髪飾りだ」

わたしが誉めるとメイニは恥ずかしそうに答えた。

「主人がくれたのです」

わたしはメイニが食事の支度をしている間、友人のセトと話をしていた。彼は左足が膝より下無かった。幼い頃、事故で失ったと聞いていた。彼が杖をつき立ち上がり、メイニと並んで寄り添った時、わたしはここへ来る途中で視た邸が再び視え、セトとメイニに関係ある過去世だと知った。

セトはその邸の召使（男性）だった。忠実で賢く、よく礼儀作法をわきまえていて信頼されているようだった。メイニは遊女として生計を立てている女だった。夜になると、その邸の主人に時々会いに来ていたがセトはそんなメイニを見て見ぬふりをしていた。

ある夜、メイニが主人を訪ねて来たが、主人は急用のため留守にしていた。そのことをメイニに伝えるとメイニは勝手に主人の部屋に入りこみ、しばらく出て来なかった。そして、帰る時、「自分が来て部屋に入ったことを主人に言わないでくれ」とセトに口止めして帰って行った。主人が高価な貴金属が無くなっていると騒ぎだしたのは、それから数日も経ってからだった。主人は「メイニに違いない。あの女が食っていけないようにしてやる」といきり立った。盗まれた品々は亡くなった妻との想い出の貴重なものだったようだ。

セトは意を決して「自分が盗み、金に代えた」と嘘を言いメイニを庇った。セトはメイニを愛していたのだ。

セトは即刻解雇になった。主人はメイニに「長い間、献身的に働いてくれていると思っていたのに召使に裏切られた。信じていたのに……」と語ったが、メイニは真実を主人に言うことはなかった。

場面が変わった。

メイニは馬車に轢かれて左足が不自由になり杖に縋って歩いていた。そこへ偶然、セトが通りかかりメイニに声を掛けたがメイニはセトに顔を背けたまま言った。

「笑うが良い。盗みを働いた罰だと。お前さんはさぞや胸のつかえが下りただろう」

セトは悲しそうな声を出した。

「ああ、何と不自由なことだろう。代われるものなら代わってやりたい……」

メイニは鼻で笑って去って行った。

そこで場面は切れた。長い物語のようでもあったが、ほんの二、三回瞬きするだけの短い間だった。

「さあ、食事にしよう」

セトの声でわたしは我に返った。わたしはセトとメイニの過去世を視たのだ。因縁が転生においてこういう形で現われることもあるのだ。からまった糸をほどくのはそんな簡単なことではない。多くの時間、関わりのある人々の精神面の成長……必要なことは数多くある。魂が魂を呼び、何度も転生の度に巡り会うこともあるかもしれない。

夫セトの目が妻メイニの髪飾りを優しく見詰めている。わたしは魂がなぜ存在するのか、魂がなぜ永遠であるのか——その秘密をセトの目の中に見つけたような気がした。


セトの家を出ると、小さな光がわたしの後をついて来た。その小さな光はわたしの肩に止まった。（何の用か？）わたしが訊くと小さな光はわたしを一軒の家に案内した。わたしはしばらく立ち止り家の中を透視した。そこには、まもなく命を終えようとする老人の姿とそれを見守る家族の姿があった。

わたしは跪き老人のため祈りを捧げた。小さな光は老人の体に吸いこまれるように消えて行った。わたしはそれを見届けるとゆっくり立ち上がり歩き始めた。

歩きながら、誕生する命、消え去る命を思った。わたしもやがてこの世から去るのだが、わたしの短い歴史など誰が知ろうか。

雲が月を隠し周りは一段と暗闇に包まれた。わたしは拠り所のない寂しさにかられ、生きているという実感が湧いてこなかった。

その時、突然月が雲間より姿を現わしわたしを照らした。どこからか声が聞こえてきた。

（イエスよ。罪なき人々とは、すべての人々のことを言うのだ。そのことを証明しているのが〝死〟だ。生きているうち罪状を突きつけられた者も、運よく何の間違いも犯さなかった者も、最後は死に至る。人々は平等であるのだ）

（お教えください。では、なぜこの世において力あるものが弱者の上に君臨し、絶えることのない争いのため人々は苦しまなければいけないのでしょうか？）

（それは無知により無知の支配がなされるからだ。たとえ、百年経っても千年経っても無知による悲劇は絶えないだろう）

（では、ひとりの神の如き救世主が偉大なる教えを説けば人々は救われ、この世界に楽園が誕生するのでしょうか？）

（いや、その思想がそもそも間違っている。ひとりひとりの心の裡にある神性な魂に気付き、日々、意識を向上させることが世界を変える。日常起きること、偶然のようにみえる出来事。それらはすべて法則で成り立っている）

（その法則を幸福な働きにするには何が必要でしょうか？）

（赦しの心、豊かな愛、柔軟な知恵、万物への感謝だ）

気が付くとわたしは道に跪き、とめどなく流れる涙に頬を濡らしていた。

家に帰ると、戸口にゼベダイの子ヤコブが立っていた。

子ヤコブは心なしか顔色がすぐれなかった。

「どうしたのだ？　急用でもできたのか？」

「ええ、昨日ちょっと耳に挟んだことですが、師に反感を持つ人々が何かの理由をつけて師を追い払おうとしているとの情報です。心配で師の様子を見に来ました」

「ありがとう。だが、心配はいらない」

「気を付けて下さい。気の荒い連中もいます。どんな手を使ってくるか分かりません」

「分かった。気を付けることにしよう。わたしの話は人々に理解されにくいのは分かっている。工夫して話してはいるが、遠い道程（みちのり）だ。ヤコブよ。気を付けて帰りなさい」

わたしは子ヤコブの気持ちに感謝し、子ヤコブの後姿を見送った。

悪夢

群集がわたしを取り巻き、口々に暴言を吐き石を投げつけていた。わたしは大声を上げ逃げようとしたが体が動かず、そこで、夢から覚めた。

わたしの体は汗でびしょ濡れになっていた。隣にいるマグダラのマリアに先ほどの夢を聞かせながら、まだ夢の中にいるようだった。

「こんな恐ろしい夢を見た。これは本当に起こる知らせだろうか?」

彼女は胸を露(あらわ)にしていたが隠そうともせず、そのままの恰好でわたしの目を見詰め、笑った。

「それがどうしたというのでしょう。何が起きようともすべては大いなる光の方たちの仕組まれたことだと師はおっしゃっていたではありませんか?」

彼女はわたしの手を取り甘えるように言った。

「死は永遠の眠りにつくということでしょうか?」

「永遠の眠りなどない。滅びるのは肉体であり、すべての人の持つ光は——魂と呼ぶのがふさわしいが——生き続けるのだ」

「もっと、そのお話をお聞かせください」

「いや、もう出かけなければならない。祈りを済ませたら出かける」

今日の活動をペテロが組んでいた。そのことでわたしの頭の中は忙しく働いていていた。

ふたりのイエス

それはある邸に招かれた時の話だ。

わたしが入室すると、待ちかねたようにひとりの男が近付いて来た。わたしと同じくらいの年齢だった。そして、親しげに微笑むとこう言った。

「あなたとわたしは同じイエスという名だ。わたしが生まれた時、天使の一団が父に『この子は神により選ばれた子です』と言い去って行った。父は喜び神殿に行き祈りを捧げていると『イエス』という声が聞こえ、わたしはイエスと名付けられた」

それだけ言うと、イエスなる人物はさっさとわたしの許(もと)から離れた。

わたしはイエスを観察していた。イエスはあらゆる客に愛想をふりまきながらも絶えずわたしの方へ視線を走らせていた。わたしと目が合うと再びやって来た。手には葡萄酒の入った杯を持って飲むよう勧めた。

わたしはその葡萄酒を飲んで、すぐに吐き気と目眩に襲われた。わたしは壁に寄りかかり倒れないよう耐えていると、イエスが葡萄酒をもっと飲むよう勧めた。わたしは首を横に振り「気分が悪いので失礼する」と言うと、イエスは「今、父を呼んで来るので待っててくれ」と足早に去って行った。

イエスの父親はわたしを見ると薄ら笑いを浮かべ、息子と顔を見合わせた。

「夜空を見上げれば星と語り、地に咲く花にも声を掛け、卑しい者にも目を向ける。病に苦しむ者がいればいつだって治そうとする。そんな偉い方がわたしの息子の勧めた一杯の葡萄酒でそんなにお気を悪くなさるとは無礼千万ですぞ」

――（謀られた）わたしはよろけながら急いで邸を出た。外へ出ると何度も吐き気が襲った。ふらつきながらも、わたしの信奉者であり薬草に詳しいセイラを訪ね毒消しの薬草をもらって飲み、そのまま倒れた。

しばらくすると、少しずつ意識がハッキリしてきた。目もよく見えるようになってきた。

セイラは「危ないところだった」と言い心配そうにわたしを見て、余分に薬草をくれた。

これほど命を狙われるなら、今日死んでも良いようにして生きてゆかねばならない。

住処を転々とする

幽かな足音がした。そして、誰かがわたしの寝ている横に立った。

「わたしです。お知らせに来ました。やはり間違いなくここは見張られています」

ペテロの声だった。わたしは暗闇の中を起き上がり言った。

「仕方無い。ここを引き上げよう」

「分かりました。夜が明けたらお迎えに参ります」

ペテロの足音が去って行った。

わたしの命を狙っている者がいるとの情報で、わたしは転々と住処を変えていた。

再びわたしは粗末な布の上に体を横たえるとゆっくり目を閉じた。

海の太陽

わたしは人が住んでいるかどうかも怪しまれるほどみすぼらしい家に住んでいた。一時期、弟子たちと共同生活のようなこともしていたが、わたしの名が広まるにつれ不穏な空気が漂ってきたため、目立たない場所を選びひとり暮らしをしていた。わたしの住んでいる場所は秘密にするように弟子たちには言ってあった。弟子のひとりが持って来てくれた木片で小箱を作り、台にしたり、椅子にしたり、物入れにしたりと活用し、ひとつの窓から射し込む光で何不自由なく暮らしていた。そこは人里離れた森の中にあり、小動物が訪れわたしを元気づけてくれるのだった。

ある日、質素な身形（みなり）で顔をベールで覆った女が、手に大きな食料の入った袋を持ってやって来た。

「これからどうなさるおつもりですか？」

女がベールを持ち上げると、美しい顔が現れわたしに会えた喜びに輝いていた。

「わたしはここの生活が気に入っている。どこへも行かないつもりだ」

「噂では、師が過越祭（すぎこし）の時に何らかの行動を起こすという話が持ちあがっています」

わたしは箱の上に置いてあった蛙の手の形に似た葉っぱを、マグダラのマリアに手渡した。

「わたしがそんなことをすると、マリアは本当に思うのかい？　その葉っぱを武器にわたしが戦うというのかい？」

「師はもうすべてを諦めていらっしゃるのですか？　師を亡き者にしようと企む者たちと戦おうという気力は失われたのですか？」

「いくら話しても受け入れようとしない者たちには何を言っても無意味だ。わたしは弱い立場にある者たちを愛する。それがわたしの生きてゆく上の身上だ。そうだ。良い所へ案内しよう」

まだ何か言いたそうにしているマリアの手を引っ張り外へ連れ出した。外は陽が照りつけていた。森の奥へどんどん進んでゆくと、木の枝におおわれている場所に着いた。わたしが手馴れた様子で枝を取り除くと大きな洞穴が現れた。

「さあどうぞ、女王様」

わたしは干し草の敷いてある奥の方へマリアを招いた。

「わたしはここで、ゆっくりと自分の世界に浸ることが好きだ」

マリアはそっとわたしに寄り添い、わたしの目を見詰め小さな声で祈った。

「神よ。わたしたちにどうぞ永遠の愛をお与えください」

〈突然、ひとりのローマ兵がわたしに槍を突きつけた。わたしは何の抵抗もせず命を奪われた後、金色の光に包まれ天に誘（いざな）われ昇っていった。すると、目が眩（くら）むほどの光が現れ声が響き渡った。

『イエスよ。あなたはどんな夢を見たのか？』

『わたしは一匹のイナゴに生まれ、自由に畑を飛び、ロバの尻に止まり、野のユリの花の中に迷い込み、最後は人に食べられ生を終えました』

『それがあなたの一生だったのか？』

『はい。実際はそれにも劣るかもしれません』

わたしがそう答えると、わたしの体はひとつの鈴となり目映い光の中、音を鳴らしながら落下していった。

再び、声が聞こえた。
『悪しきものは自ら滅びてゆく。イエスよ。もう終わりにしようではないか？　大海の海水はすべて引き去り、もはや、大海は太陽の光を輝かせたり、太陽の姿を映すことはできない』〉
気が付くと、干し草の上で深い眠りに入っていたようだ。たくさんの汗をかいて、まるで何かの抜け殻のようになっているわたしをマリアは心配そうに覗きこみ、洞穴から出るよう言った。外の風にあたると気分が落ち着き、マリアにこれからは洞穴を〝海の太陽〟と呼ぶから、わたしが家にいなくて探す時は〝海の太陽〟に来てみるようにと言っておいた。

刑場に立つ

夕暮れにまぎれて、わたしは処刑場へ行ってみたことがある。此の地で罪なき多くの人々の命が失われたのだ。

わたしはこの世の非情に虚しさを憶え、胸が締め付けられる思いでその場に立ち尽くしていた。

すると、遠くの方からわたしを呼ぶ声がした。

弟子がやって来たのだ。

「こんな所にいらっしゃるとは……。ずいぶんと探しました」

「わたしはいずれこの地に果てるかもしれない」

そう言うと、空を指差した。

「見えるかい？」

「わたしには雲以外は何も見えませんが……」

わたしには空の彼方、一匹の羊がまるで階段を昇ってゆくように視えた。

「羊は誰の教えも受けないのに真(まこと)の道を知っている。あの空の神聖な道を迷うことなく進んでゆくあの清い姿を見たまえ」

弟子は必死で目を凝らした。

血に汚れたこの処刑場は果たして許される地であるのか？　暗闇の中、多くの名もない人々の悲鳴が聞こえる。人はなぜ欲望の亡者になりながらも生き残り滅亡しないのか？

十字架に架かり死んでいった多くの犠牲者に思いを馳(は)せる時、わたしは一縷(いちる)の希望も気力も失せてしまう。

じっと動かず座りこんでいるわたしを見て、はげ鷲が飛んで来た。わたしは立ち上ったが、それでもわたしを狙っているようだった。弟子が見かねて、はげ鷲めがけて石を投げつけると、やっと飛び去った。
わたしは地に平伏し、多くの失われていった命に許しを乞うため長い祈りを捧げた。

第13章　エルサレム入城

神殿の商人との諍い

神殿の境内に入ってゆくと、わたしの目の前を鳩が飛び立った。辺りは多くの人々で溢れかえり、牛、羊、鳩を売っている商人たちの活気ある声が響きわたっていた。

わたしは躊躇うことなく繋がれている動物を自由にしてやり、檻や籠に入れられている生き物を解放してやった。

ただ、それだけのことをしただけだった。

次に両替人の所へ急ぎ足で行き、躓いた振りをして両替金の置かれている台をひっくり返し金をばらまいた。

ただ、それだけのことをしただけだった。

商人たちは混乱に陥り、わたしを取り囲み罵声を浴びせた。わたしの周りには人垣ができ、ちょっとした騒ぎになったが、わたしは平然としていた。ひとりの商人が怒りを露に訊いた。

「何のため、我々の商いの邪魔をするのか?」

「わたしが何をしたというのだ。罪のない生きものに自由を与えたり、台に躓いたりしただけではないか？　神殿内は商いでお金を得る場所ではない。それに、神は首の無い鳥をお喜びになるのか？　空を自由に飛び囀(さえず)る鳥を愛されるのではなかろうか？　皮を剝がれた牛をお喜びになるのか？　民と共に働く牛の姿を尊ばれはしないのか？」

商人たちは憎しみを込めてわたしに言った。

「しかし、この神殿がお前のものではなかろう？」

「このりっぱな神殿にも言えることだが、形あるものは必ずその姿を消す。だが、わたしならこの神殿が崩れたとしても、この神殿と同じほどの力を持つ祈りの場を三日で人々に与えることができる」

商人たちはわたしの言ったことを理解せず口々に罵っていたが、わたしに手出しをするようなことはしなかった。

弟子たちを連れ、わたしはアリマタヤのヨセフの邸に神殿境内であった事件を報告するために向かった。

アリマタヤのヨセフは最高法院(サンヘドリン)の有力な議員でありながらわたしの信奉者のひとりとして、今までいろいろな配慮を密かにしてくれていた。

彼ヨセフは一通りわたしの話を聞くと、

「すぐに最高法院(サンヘドリン)の者たちの耳に入るだろうが、できるだけわたしが押さえておく」

と言ってくれた。

「ありがとうございます。最近、ますますわたしへの監視が厳しくなっております。わたしを捕らえる口実を待っているようです」

ヨセフは他の話題に変えた。

「師に万一のことがあれば、弟子たちにどんな動きを命じておられるのか？」

「わたしが捕らえられるようなことがあれば、すぐに弟子たちには姿をくらまし逃げるように指示してあります。そして、その後(のち)、時期を見計らいわたしの教えを広めてゆくようにと教えてあります」

ヨセフはしみじみとした口調で言った。

「師の語られた言葉のひとつひとつがわたしの中で息づいております。わたしは師のお話のなかで〈兄と妹〉が今でも深く心に残っております」

〈兄が病気の妹のため、遠い町へ高価な薬草を買いに行く。貧しい家庭にあった兄はお金の入った袋を握り締め、ひたすら道を急ぐがその途中、兄の前にさまざまな悦楽の誘惑が現れる。何度も兄は誘惑に負けお金を手離しそうになるが、それでも、やっとの思いで薬草を手に入れ家に辿り着くと家の前には人集り（ひとだか）がしていた。人を掻き分け妹の元へ駆け付けると、「今し方、亡くなった」と父親は言った。

兄は〈誘惑に時間を取られていなかったら妹は助かっていたかもしれない〉と悔いて涙していると妹の声がどこからともなく聴こえた。〈お兄さん、泣かないで下さい。お兄さんの前に現れ誘惑したのはわたしの化身です。わたしはいずれにしても短い命でした。お兄さんの笑顔が最後に見たかったのです〉

わたしはその〈兄と妹〉の譬え話をした頃を懐かしく想い出した。

兄弟の絆というものは、血の繋がりだけでなく深い愛に根ざしている。たとえば、あなたの兄があなたに不愉快なことをして絶縁したとしよう。だが、いくら兄であることを否定しても、あなたの兄であることに変わりはないのだ。その兄の代わりとなる者は世界にひとりもいない。

ヨセフ邸を退出し歩き始めると、急に歩きにくくなり立ち止まった。見るとサンダルの紐が切れかかっていた。わたしはサンダルを脱ぎ裸足になって歩き始めた。なぜかしら耐え難い孤独感と脱力感が襲ってきた。

後ろから数人の子どもたちがわたしを追い越して行く時、口々に何か囃（はや）したて走って逃げた。わたしは手に何を持っているのだ⁉　サンダルはもう使いものにならないほど傷んでいた。

いつまで執着しているのだ⁉

わたしはサンダルを空高く放り投げ、再び裸足で歩き始めた。

弟子たちは無言でわたしの後ろを歩いていた。

エルサレム入城

エルサレム入城は正直なところ、あまり気が進まなかった。ペテロを呼び、気持ちを打ち明けると、ペテロは弟子たちや信奉者を急遽集めエルサレム入城の策を練り始めた。

意見は真っ二つに分かれた。一方はわたしを敵対視している連中どもを刺激しないよう大人しく巡行すべきだというもので、ペテロもその意見だった。

もう一方はヨハネ兄弟たちの意見で、できるだけ派手に巡行し、群衆を驚かせわたしの偉大さを誇示し、敵対者に手出しができないようにさせるという案だった。

意見が交わされた結果、ヨハネ兄弟たちの考えが〝わたし〟を印象づけるのに最も良いであろうということになった。

ヨハネは自信たっぷりに言った。

「我々が巡行している間、信奉者仲間に頼み、師を誉め称える掛け声をかけてもらいます。人々はどんなりっぱな方のお通りかと目を見張るはずです。あの司祭グループの者等も地団駄踏んで見ることでしょう」

わたしは目を瞑りじっと考えていたが決心した。

「では、よろしく頼む」

「はい。お任せください。それから、巡行の折、師は雌ロバの子にお乗りになられると、良かろうと思います」

ヨハネは得意気に言ったが、わたしは気乗りのしない返事をした。

「ユダヤの王が雌ロバの子に乗ってエルサレムに入城する（＊注）——というわけか……。わたしはあまり気が進まないが……」

ヨハネはわたしの気持ちを高揚させるよう大声を張り上げた。

「人の目を引くに間違いありません。子ロバはさっそく用意させます」

エルサレム入城の日、子ロバは確かに用意されていた。しかし、預言書では雌ロバの子となっているが、用意されていたのは雄ロバで、しかも、わずかだが足を引き摺っていた。

わたしはヨハネに言った。

「これは雄ではないか……。しかも、足が少し不具合だ」

ヨハネは申し訳なさそうに「最近、仲間に入れてくれと来たヒスイという男が『わたしに任せてくれ』と言ったので頼んだのだが……」と苦しげに言い訳をした。

わたしはその新入りの男に不信感を持った。ペテロが「他の元気の良い雌ロバの子を探して来ます」と言ったが断った。

このようにして、いよいよわたしたち一行の行進が始まった。弟子たちの根回しによるものか分からないが、民衆の中よりわたしを誉め称える声も聞かれた。しかし、圧倒的はものではなかった。

わたしに向かってひとりの女が駆け寄って来た。

「わたしはあなた様に命を救って頂いた者です」

女は一枚の板切れをわたしに渡し、そう言った。その板切れには〈ユダヤの王〉と書かれていた。わたしは女の顔を見て想い出した。その女は体一帯に湿疹ができ、爛れに苦しんでいるのをわたしが治したのだ。

板切れをペテロに渡すと、ペテロは一度高く板切れを掲げたが、すぐ目立たぬよう捨てた。あちこちで警護の目が光っていた。「揉めごとは避けるようにせよ」というわたしの命令をペテロはよく理解していた。わたしたちの行進は何度か止められ、武器を隠し持っていないか検査が行われた。

わたしはその度に大声で笑った。

「あなたたちは何を恐れて人の持ち物まで調べるのか？　あなたたちのやっていることは今日の良き日にふさわしくない」

わたしたち一行は葬列のように静かに歩を進めた。

再び、境内辺りの監視番がわたしたちを見て不気味に思ったのか行進を止めさせ荷物を調べ始めた。ろくな物は出てこず、わたしはその様子を見て笑った。

「洞穴に隠れる鳥は鷲でも掴めない」

神殿での行動を終え退出しようとしているとローマ兵が現れた。

「お前たちに訊きたいことがある」

ローマ兵の問いにペテロが答えた。

「何でしょう？　わたしたちはもう帰るところにございます」

「先ほど、連絡が入り神殿内に不可解なことが書かれたものが置いてあったそうだ。お前等の仕業ではないのか？」

ペテロが怒った口調で答えた。

「わたしどもの中にはそのような者はおりません。いったい何が書かれていたのですか？」

兵士はもったいつけて、紙を取り出し読み上げた。

「『時は来た。聖なる勇士は戦わずして聖なる地を治める』と書いてある。その子ロバに乗っている者に訊くが、お前ではないのか？　お前は預言を成就させるため子ロバに乗って入城したという噂だが……」

わたしは新入りのヒスイの姿が見えなくなっていることを察知していた。しかし、その怪しいヒスイという男の悪意がわたしに幸運をもたらした。

「確かにわたしはこのように子ロバには乗って参りましたが、預言にあるような雌ロバの子ではなく雄にてございます。しかも足が不自由で、とても王などと自称する者のロバではありません」

わたしはそう言うと一行を促し、その場を離れた。

ペテロがわたしに耳打ちして訊いた。

「さっきの件ですが、師の書かれたものではないのですか？」

わたしは笑って頷いた。ペテロは顔を曇らせ話を続けた。

「例のヒスイという男ですが、姿を消したようです。どうも、わたしどもの内情をさぐるための奴だったようです」

「わたしも感づいていた。しかし、お陰で助かった」

あちらこちらでわたしたち一行を見て何か話している連中がいた。

残された時間はもうそんなにないのだ。

わたしは神殿を振り返った。

「ああ。悲哀のエルサレムよ」

（＊注・ユダヤの王が雌ロバの子に乗ってエルサレムに入城する——「旧約聖書『ゼカリヤ書』」の９章９節）

マリアの嘆き

ある朝、マグダラのマリアの女友だちが新しい情報を持って来た。わたしが捕らえられるというのである。

わたしは体を横たえたまま、その女友だちとマリアが口速に喋るのを聞いていた。

「いつかはその日が来る」

わたしがそう言うとマリアは自分のしていた首飾りをはずし、わたしの首にかけてくれた。

わたしはマリアの頬にそっと接吻（キス）すると微笑んだ。

「永遠の別れではない」

わたしは外に誰かがいる気配を感じ、マリアに見に行かせた。

マリアは小さな袋を持って戻って来て言った。

「イスカリオテのユダが来ていました。師にこれを渡して欲しいそうです。そして、帰って行きました」

わたしは袋の中を見て呟いた。

「彼らしいやり方だ」

わたしが袋をベッドの上に置き出て行こうとすると、マリアはわたしの背に向かって叫んだ。

「どこへも行かないで下さい。お願いです」

マリアがわたしに手を差し伸べるのを見て、わたしは引き返しマリアを強く抱きしめた。

「マリア。わたしの妻である誇りを捨てる気かい？」

マリアはベッドに泣き崩れた。マリアの指先がユダの持って来た袋に触れ、マリアは中身を取り出し首を傾げた。それは紐でつくられた輪だった。

「これは何ですか？」

わたしはマリアに答えず弟子たちの元へ向かうため家を出た。

過越の食事で弟子に語る

過越の食事が並べられている席に着くと、感慨を込めて一同を見回した。

昨夜の激しい討論が蘇ってきた。弟子や信奉者に取り囲まれ、今後の活動のあり方やわたしの正体を明らかにすべきだという声が上がった。中には、いつわたしが捕らえられるかは時間の問題だと遠慮なく言う者もいた。

ペテロは昨夜の討論の続きを述べた。

「なぜ師が捕まるのか？　我々も捕まると言うのか？　今まで師は堂々と自分の教えを誰に臆することもなく述べてこられた。それだけでなく多くの人々に救いの手を差し伸べていらっしゃる。そんな師に手出しをできる者などいなかったではないか？」

マタイは考えていたが、

「師には神のご加護が必ずあるはずだ。我々は師についてゆくだけだ。師はすべてをお見通しになっている」

とわたしの顔色を見ながら言った。

食事の前、わたしは感謝の祈りを捧げ、パンを手に取り言った。

「このパンはわたしの愛である。あなたたちの心を満たすため、パンを裂き分け合って食べよ」

また、杯を取り、祈りを捧げ言った。

「この葡萄酒はわたしの涙である。あなたたちの心に寄り添うため、この杯から飲み一同に回しなさい」

ペテロは自信たっぷりに言った。

「わたしは何があろうと師について参ります。何も恐れるものではありません」

弟子たちは一様に頷き合っていた。わたしは心の中で、この迷える子羊たちのため、密かに祈り、ゆっくりと話し始めた。

「時は近付いている。やがて時は過ぎ失われあなたたちは真(まこと)の時を迎えるだろう。だが、わたしの後(あと)からついて来ようとする者は、わたしの消え去った足跡をどのように探すのだろうか？　また、わたしを知っているという者は、わたしの言った言葉を諳(そら)んずるだけでわたしの真(まこと)の心を知らなかったことに気付くだろうか？」

わたしは十二人の弟子ひとりひとりにわたしの真心を伝えた。

「ピリポよ。智の中にこそ愛がある。あなたが目を開き、耳を澄ませる時、愛の花は咲こうとするのだ」

「トマスよ。言葉により現れるものより、あなたの手が何をするのか見ていなさい」

「マタイよ。前に進むことばかりにとらわれず、道に倒れている人を助け共に歩もうとしなさい」

「ゼベダイの子ヤコブよ。清潔でありなさい。心が慎ましくあれば良い香りを放ち、体が清くあれば花を慕うように人は寄ってくる」

「アンデレよ。あなたの周りのものを愛することから始めなさい。そうすれば遠く離れていようと必ず愛は届きます」

「ペテロよ。〝誓う〟という時は心に隙があるからです。また、何か叶えたいと思う時、あなたの心身は献身的に働きます」

「シモンよ。あなたが為したことが罪であると思うなら、それはすでに砕け散り罪の形も無くなっている」

「タダイよ。〝信じる〟ということは、自らの心を信じることであり、その心の扉はいつでも開いていなければならない」

「ヨハネよ。何より己を一番大切にすることです。己の心身が健康でないのにどうして他人を救えるでしょうか?」

「イスカリオテのユダよ。左手には杯を持ち右手には内通の縄を持て。約束の時が来た。わたしが頼んでおいたことをしなさい」

イスカリオテのユダは一瞬苦しそうに顔を歪め下を向いた後、何も言わず席を立ち出て行った。

「バルトロマイよ。人を羨んではいけない。あなたはあなたの持てるすべての財宝を手に入れている」

「小ヤコブよ。人に従うより己の心に従いなさい。他人の畑に蒔いた種は他人が収穫する。良い種を己の畑に蒔くことです」

こうして弟子たちへのわたしの気持ちを伝えながら、過越の食事は終わった。

わたしや弟子の周りを取り囲んでいた人々の後ろの方で、給士人がわたしの話を聞き洩らすまいとしていたのを知っていた。

わたしはその給士人の前へ歩み寄った。彼女は生活に疲れ、一日を生きるのが精一杯のように感じられた。

「幸福(しあわせ)は求めるものでなく与えるものです」

彼女の手を取り、わたしがそう言うと、

「わたしは人様に与える幸福(しあわせ)など持ちあわせておりません」

と彼女は哀しそうに答えた。

「果たしてそうであろうか？　わたしの話を少しでも聞き逃すまいとするあなたの真剣なまなざしは、わたしに幸福(しあわせ)を与えた」

わたしは名もない人の働きぶりや顔の表情にとても心引かれる。そして、一言でも声を掛け勇気づけたいと願うのだ。

ペテロが訊いてきた。

「食事の途中よりイスカリオテのユダの姿が見えなくなりましたが……」

わたしはペテロの耳元にこれから起こるであろうことを告げた。

「落ち着いて聞きなさい。ユダにわたしの居場所を最高法院（サンヘドリン）の奴等に教えに行かせた」

ペテロは驚きの目を見張った。

「何ですって⁉　なぜそのようなことをなさったのですか？　しかし、奴等は捕らえには来ませんよ。法に則（のっと）れば夜の逮捕はあり得ません。それに師が捕らえられる理由など何ひとつなくご心配には及びません」

相変わらずペテロに危機感は無かった。

「先日、地方で叛乱（はんらん）が鎮圧されたばかりだ。また、叛乱でも起これば大変だと最高法院（サンヘドリン）の奴等は特例を設けるだろう」

わたしはそう言っている途中で胸が締め付けられるような苦しさに襲われた。額から汗が流れ出ているのを見て、ペテロは、すかさず葉っぱに包まれた薬草の粉をわたしの手に載せた。その粉を口に含んでいると心臓の発作は治まった。前にも一度、そんなことがあったのでペテロはわたしのためいつも薬草を持っていてくれるのだ。

わたしの様子を見て、ペテロは明るく言い放った。

「師よ。大丈夫です。師に手出しできる者など誰もいません」

わたしはペテロを始め数人の弟子や信奉者たちと、祈りのためにゲッセマネへ向かった。

第14章　刑を逃れて

ゲッセマネでの逮捕

わたしがゲッセマネの祈りを捧げるいつもの場所に着くと、そこにはすでにイスカリオテのユダが跪き祈りを捧げていた。

ユダは早口でわたしに言った。

「師に頼まれた通り、奴らにこの場所を伝えてあります。『見張っておけ』と言われましたが捕らえに来るかどうか、また、捕らえに来るとしたらいつになるのか分かりません」

他の弟子や信奉者たちは、わたしとユダの会話の意味が分からず呆然としていた。

その時だった。信奉者のひとりがわたしに近付き懐かしそうに言葉をかけた。

「お兄さん。わたしのことを憶えていますか？　幼い頃、別れ別れになった弟のルベンです」

わたしは最近の集まりの中にいるその男を見過ごしてはいなかった。あまりにもわたしと顔がよく似ていたからだ。ぼんやりとした記憶が、はっきり蘇ってきた。しかし、弟と名乗るその男は最近、信奉者の仲間に出入りするようになったばかりで、わたしは一度も話したことが無かった。なぜ、こんな大事な局面に再会の会話が為されるのか？　これが運命というものなのか？

「憶えている。遠い日のお前のことを……」

そこまでわたしが言った時、ユダが大声を上げた。

「師よ、逃げて下さい。たくさんの松明（たいまつ）がこちらへやって来ます」

わたしは一緒に来た弟子や信奉者に命じた。

「わたしを捕らえに一団がやって来る。逃げるんだ。誰ひとりとして捕まるな」

わたしと一緒に来た者は散り散りに逃げて行った。後（あと）にはわたしとユダと弟のルベンが残った。

わたしはルベンに「逃げろ」と何度も言ったが彼は逃げもせず、腕組みをしてわたしの前に立ちはだかった。

わたしたちは周りを取り囲まれた。頬に松明の火が熱かった。わたしが顎（あご）ひげを剃り落としていたためか、ひとりの兵士がわたしを差し、「この男ではない」と言い出し、その場が緊張に包まれた。

ユダはそれを聞くなり、

「師よ、迎えが参りました」

とわたしの肩を抱いた。

わたしは泰然と構え威厳を保っていた。

「わたしに何の罪があり捕らえるのか？　あなたたちの言うことに鳥の目ほどの大きさの狂いが無かったにせよ、その者が何の罪も犯していないのなら裁く権利はない」

兵士や暴れものの一団は狼狽え、リーダー格の兵士が「間違いないか？」とユダに訊いた。

ユダは頷き、じっとわたしを見詰め押しかけて来た一団に叫んだ。

「あなたたちは神に仕える方(かた)を殺そうとしている」

わたしと巻き添えになったルベンは、縄をかけられ周りを囲まれ連行された。二人が離れ離れになると、ルベンがわたしに向かって叫ぶのが聞こえた。

「お兄さん。これが運命なのです。これこそがわたしにとって何にも勝る至福でありましょう」


牢の鍵を開ける音がして、ひとりの兵士が中に入ってきた。

「ここから逃げてください。わたしはあなたのことを尊敬しています」

わたしは首を横に振り動かなかったが、その兵士に弟子ペテロへの伝言を頼んだ。

「もし、わたしの弟子か関係者に会うようなことがあれば伝えてくれ。〝道をつくれ〟と」

兵士は頷き再び鍵を掛け去って行った。

静まり返った牢獄に何か小さな音が聞こえてきた。耳を澄ますと必死に祈る声だった。ルベンに違いない。わたしの頬を涙が流れた。

わたしのために牢に繋がれている弟、弟子たち、今までわたしについてきてくれた人たち、母や妻、多くの縁のあった人々を想い出しながら、改めて己の非力さを思い知った。

わたしは剣を持ち先頭に立つ革命家たる戦士でもなく、困窮している人々に救世主を宣言した者でもない。

譬え話を用いながら、わたしが人々に伝え広めたかったことを頭に思い浮かべた。

迷える人々の心の闇を取り除き光を照らし、愛に生きようとする姿勢こそが己を救うということ。

人は肉体に縋り生きているというだけでなく、永遠なる魂を持つ霊的な存在であり、転生により魂が浄化されてゆくということ。

神とは畏れるべき存在ではなく、ひとりひとりの心の裡に神は在るということ。

まだこの他にもわたしの考えはあったのだが、人々がこのような現実生活とはほど遠い、理解不能な話に耳を傾けたのは始めの頃だけだった。

ローマの圧政から解放され、自らの国を誇りを持って立ち上げることに多大な関心があり、それには強力な指導者（リーダー）、或いは偉大な革命家、神がかり的な救世主の出現を人々は待ちわびていた。

わたしのような無力に見える男から人々の心が離れてゆくのは当然の成り行きであり、わたし自身、バプテスマのヨハネの死の頃より、すでに自分の運命の末路を察していた。


朝が来たようだ。ガチャガチャという鍵の束の音と足音が近付いて来た。

いよいよ運命の日だ。

先にルベンの牢が開けられたようだ。ルベンの大きな叫び声がわたしの耳に届いた。

「わたしはお兄さんと共にあります。たとえ何があろうともお兄さんを愛しています」

「騒ぐな。静かにしろ」

ルベンが叩かれる音が聞こえ、足音は遠ざかって行った。

わたしはうずくまり慟哭した。そして、弟ルベンのため、深い祈りを捧げた。

最高法院(サンヘドリン)における裁判

早朝、わたしは縄を打たれ最高法院(サンヘドリン)の議場に立たされていた。

議長の緊急会議における挨拶の後、慣習に則られ裁判は進行した。

予め、わたしにとって最も不利な証言者や偽証者が用意されていたことは間違いなかった。

一人目の証人はおどおどしながら告げた。「この男は『神の神殿が跡形もなく崩れ去ってしまっても、すぐに建て直せる』それに『神の国を造る』と言い、『それは叶えられる』と言いました」

議長はわたしに訊ねた。

「今の証言に対する反論があれば述べよ」

「申し上げます。〝神殿を建て直す〟とは、現実に建てるという意味ではなく、神殿と同じほどの力を持つ祈りの場を人々に与えることができるという意味であり、〝神の国を造る〟とは、人々が助け合いながら生きてゆく心の在り方を言ったもので、現実的な国を指すものではありません」

議長は訊ねた。

「お前の言う〝神の国〟とやらが叶えられたら、そこの王はお前か？」

「申し上げます。その〝神の国〟とは、ひとりひとりの心の問題であり王は必要としません」

二人目の証人は言い間違いのないよう慎重に告げた。

「この男が『川に流れてゆく王冠は要らない』と言うのを聞いたことがあります。これは、自らが王になるつもりだったと思われます」

議長は興奮気味に訊ねた。

「そう言えば、お前はエルサレム入城の折、人々を扇動するような王の如くの振舞をしたと聞いておる。それについて答えよ」

「申し上げます。わたしたち巡礼者一行は整列し、足が不自由で貧相な雄ロバの子に乗り静かに行進致しました。そして、神殿に礼拝後は何事もなく退去致しました。わたしたち一行を見て、人々が騒ぎたてていたかは、わたしの知るところではありません」

三人目の証人が証言台に立った時、わたしは小さな驚きの声を上げた。その男は、わたしの熱心な信奉者だったからだ。

「この男が『わたしはユダヤの王になる』と言っているのを聞いたことがあります」

議長は満足そうに訊ねた。

「お前はユダヤの王になる気でいるのか?」

「申し上げます。わたしは一度も〝ユダヤの王になる〟と言ったことはありません。空で鳴く鳥の言葉が分からないようにその者もわたしの言うことが理解できなかったのでしょう」

用意されていた証人から、わたしに不利な証言を引き出すことはできなかった。また、わたしに有利な弁護をする証人もいなかった。

議長はわたしに訊ねた。

「何か申し立てすることがあれば述べよ」

「申し上げます。わたしが去った後、あなたがたは後悔するでしょう。火の中から水が生まれないように人の子（＊注）から神を生み出すことはできない。わたしはあなたがたに裁かれる理由は何ひとつない。さあ、あなたがたは行って剣を持つが良い。そして、神と戦いたまえ。火の中から水が生まれないとは、神は人の行いに無関心だということだ。人の行いに関わるものがあるとするなら、それは神と呼ばない。火は火のみ育てる。水は関係ない。この意味するところをよく知ることだ。

あなたがたはわたしを陥れようとしている。それが神に仕える者たちのやることであろうか？あなたがたは地獄に咲く一本の花も手折ることすらできないだろう。人の子は神の乗る迎えの馬車に座り去ってゆく。何と大きな違いだろう」

議長を始め議員たちは怒り、喚きたてた。

わたしは術を使い、議長たちを石のようにした。彼らは体の自由を失い動けなくなり、口も利けなくなった。

しばらくして、術を解くと彼らは一様にわたしを恐れ、少しでもわたしから離れようとした。

正気に戻った議長はわたしをまともに見ようとしなかった。わたしはひとつ上の段にあがるように言われ判決が言い渡された。

「被告イエス・イマヌエルは妄想により人々の心を惑わせ、また、さきほどは神を冒涜するとも思えるような言葉を使い自ら罪人であると告白した。しかし、この者に対する最終の判決はローマ当局に委ねるのが正当と見做す。それは、我々の身に起こった奇異な現象が悪霊の仕業によるものか神の啓示か判断できかねるからである。ローマ当局は的確な決定をくだし、我々の取った判断が理に叶っていることを証明するだろう」

わたしは大きくふくれあがった議長の鼻を見ていた。それに気付き議長は小さな声でわたしを侮辱する言葉を吐いた。

議場は静まりかえり異常な雰囲気に満ちていた。

（＊注・人の子——イエスのこと）

総督ピラトの決断

わたしが連れて行かれた所はりっぱな一室で、まん中に丸いテーブルが置かれていた。

総督ピラトは、そのテーブルの横で足を組み目を瞑り考えごとをしていたが、わたしが近くに立たされると目を開けジロッとわたしを見た。

彼は忙しげに隅の事務用机へ行き、一言呟いた。

「この国に魔術師は要らない」

わたしの縛られていた縄は解かれた。

「最高法院の連中は面倒なことを押しつけてきた。わたしは悪人どもが十字架に架かり死んでゆくことを何とも思っていない。お前がそのひとりに加わることも大した問題ではない」

ピラトは机上の書類の山を指差した。

「ただ、過越（＊注）が平穏に終わるのを待っている。わたしは神は畏れないが、神の使いは信じよう。早い話が、神を選ぶか、己を選ぶかだ。神を選べば公明正大な道だ。しかし、己を選べば後悔は無い。最高法院でのお前の見せたしるしとやらをわたしはこの目で見ていない。そのしるしが恐ろしい故にお前を死刑に処するのを躊躇うつもりもない。

わたしには誰かがこう言っているのが聴こえるのだ。

『黄金の十字架に架かることを望むこの男を殺してはならない。この男の望む通りのことをすれば、永久に人々はこの男を神のように敬うだろう』」

ピラトはわたしに訊ねた。

「お前はいったい何者なのか？」

わたしは黙って答えなかった。ピラトのわたしへの尋問はそれだけだった。それは他の罪人と違い明らかに有名なわたしを一目見ておきたいという興味からのものだった。そして、再び縄を打たれた。

ピラトはガリラヤの領主ヘロデ王からの返事を待っていた。

最高法院（サンヘドリン）からイエスの罪状に関する書類が送られてきたが、ピラトには死刑に値する証拠は見出せないと判断していた。かと言って最高法院（サンヘドリン）と気まずい仲にはなりたくなかった。

悩んだ末、ヘロデ王にすぐ事（こと）の次第を訴え、公明正大なる裁きに加え、適切な助言を願い出たのだった。ヘロデ王がイエスの処罰決定に関与しているということになれば最高法院（サンヘドリン）の連中達も異論はあるまい。

部下がイエスへの鞭打ちの準備ができていることを知らせに来た。

ピラトは立ち上がり言った。

「もう待てない。よし、鞭打ちを始めろ」

それから、ピラトは頭の中でいろいろ思いを巡らせた。裁判など必要ない。これ以上、面倒を起こしたくない。

イエスを神への冒涜罪として十字架に処する書類にピラトが署名をしようとしたその時、書記官がヘロデ王からの返書を持って部屋に入って来た。

それは手短にしたためられていた。

〈貴殿よりお送り頂いたイエスなる者について――書類からは法に違反するようなことは立証できない。ただ、被告イエスの妄想癖並びに人々を惑わす術を使うことなど民衆に与える影響を考慮し、〝国外追放処分〟とするのが望ましい。〉

ピラトはヘロデ王からの返書を二度読み直した。ヘロデ王と自分の考えは一致していた。

ピラトは部下を呼び直ちに――死罪が決定していない者を鞭打つことはできない――イエスへの鞭打ちを止めるよう指示した。

（＊注・過越――エジプトでの奴隷だったイスラエルの民が解放されたことを記念し祝う祭り）

刑を逃れて

激しい鞭打ちの後、わたしは気を失い倒れた。背中を蹴られ我に返ると、わたしを挟んだ二人の男の会話が耳に入った。

「運の良い奴だな」

「だが、鞭打ちは余計なことだったわけだな」

わたしは薄暗い一室で起きあがれないまま横たわっていた。「起きろ」と怒鳴り声がした。両側から抱えられ、ピラトの代理なる者よりの〝無罪〟が宣告されたが、〝国外追放処分〟ということも告げられた。それに加えて過越が終わるまでは拘留処分ということだった。

どのくらいの時間が経ったのか、ローマ兵二人が目の前に立ち、わたしの頭からすっぽりと頭巾を被せ、馬に乗せ出発した。しばらくゆくと、縛られていた手の縄がほどかれ頭巾も取られた。辺りは暗く夜になっていた。

兵士は徐に厳しい口調で命じた。

「ここから間違いなく国境へ向え。我々はここで帰還する。これは、ある方の御配慮によるものだ。その好意を無駄にするな」

わたしが解放された場所は、エルサレムよりそれほど遠くはなかった。わたしは背の痛みに耐えながら走った。持てる力で走れるだけ走り妻のマグダラのマリアの元へ向かった。

マリアの家に着くと烈しく戸を叩いた。マリアはわたしを見ると驚きの声を上げ、辺りを見回し、すぐさまわたしを家の中に入れた。わたしはマリアの腕の中で倒れ気を失った。

それは眠りの中と言っても、あまりにもハッキリとした夢だった。わたしは手足に釘を打たれ十字架に架けられていた。わたしの足元には、ペテロを始め弟子たちやわたしが癒しを与えた人々が跪き、わたしを仰ぎ見ていた。驚くことに人々の数は雲の如く多く広がってゆき、ついには海の波のようになり、わたしの架かった十字架を高く持ち上げたところで目が覚めた。

わたしはマリアに〝国外追放処分〟になったことを告げ、たぶん、アリマタヤのヨセフが国境までの連行ではなく、マリアの住む近場でわたしを解放するよう手を回したに違いないと話して聞かせた。

わたしが横になっていると、マリアはわたしの背に薬草の汁を塗りこんでくれた。

わたしは一番気になっていることを訊いた。

「ゲッセマネでわたしと一緒に捕らえられた弟のルベンはどうなったか知らないか？」

マリアは、しばらく沈黙していたが、意を決したように答えた。

「どうぞ、お気持ちをしっかりお持ちになってください。――ルベン様は十字架に架けられお亡くなりになりました。わたしの友であるハンナが刑場へ行く道端で群集に混じり罪人が十字架の横木を背負わされ追い立てられてゆくのを見ていたそうですが、その中で師にそっくりな罪人がいたそうです。人々の中には、その方が師だと思いこんで嘆きの声も上がっていたそうです。ハンナは師の左膝に抉られたような傷跡があることを知っていましたので、すぐ別人だと分かりホッとしたそうです。

人々が刑場に曳かれてゆくのを師だと勘違いした理由は、折りしもの激しい雷雨のため混乱に陥っていたせいでもあります。ハンナによると、まるでその光景をこの処刑が神の怒りであるかのように感じられたと話しておりました。と言いますのは何の手違いがあったのか、左端と右端の罪人が場所を交代させられてまもなく、雷光が辺り一面を照らすや否や雷鳴の轟きと共に右端の師によく似た方の十字架に雷が落ち、その縦木が裂け、その方の首がガクンとうなだれ即死されたのが見えたからだそうです。人々はこの有様を見て畏れおののき、口々に何か叫びながら散っていったようです」

わたしの頬を幾筋もの涙が流れた。

ああ、何ということだろうか？　落雷に打たれたのはわたしだったかもしれないのだ。わたしは涙で濡れた両手を見た。

わたしの運命は誰が握っているというのか？　神だろうか？　否、違う。わたし自身か？否、それもあり得ない。弟ルベンが十字架で雷に打たれ死に至るのにはいったいどれだけ緻密な必然の法則が働いたというのだ⁉

わずかな時でも死の淵(ふち)を眺めつつ〝生〟というものを照らして生きなければ……わたしは弟ルベンに対して罪の償いができない。

ああ、わたしは果たして今まで通りのわたしであって良いのだろうか？

わたしの額から汗が滴り、喉が締めつけられるようだった。マリアはわたしを抱きしめ、躊躇いがちに言った。

「イスカリオテのユダも亡くなりました。自ら死を選びました」

「わたしが……わたしが……彼を追い詰めた……他の弟子たちは全員無事であろうか？」

「はい。ペテロの使いの者からの伝言によれば全員安全な場所に散らばっています」

「そうか――。ペテロの使いの者に伝言して欲しい。『三日後にガリラヤの例の場所に十一人の弟子たちが集まるように。くれぐれも注意を怠らないように』と」

「いずれにしても、師も見つからないようにしなければなりません。〝海の太陽〟と名付けたあの洞穴に隠れて下さい。ここにいるのは危険です」

マリアは敷物や食料、飲物を準備してくれた。

わたしは辺りが暗くなるのを待って洞穴へ向かった。洞穴近くまで来ると胸が締めつけられるような苦しみに襲われそのまま気を失った。

気が付くと、わたしは洞穴の中に寝かされ、わたしの横には真白な顎ひげの老人が座っていた。

わたしは感謝の気持ちを込め老人に手を差し伸べると、彼は「汚らわしい」とわたしの手を振り払った。

「わたしはわたしの信じる神の命ずるままに動いただけで、わたしの意志であなたを助けたわけではない。

あなたは神に選ばれた王でもなければ、人々を救う救世主でもなかった」

彼は皮に入れてある水を飲むようわたしに差し出した。わたしはゆっくりと味わって飲んだ。体中に沁みわたるほどの美味しい水だった。

彼はそんなわたしをじっと見ていた。

「これからどうするのか？」

「もうしばらく体の回復を待ってから、ここを出る」

彼は安心したように出口へ向かい、振り返りこう言った。

「あなたは何ひとつ間違ったことをしていないし、言ってもいない。ただ、神があなたの頭に王冠を載せる時代を間違えただけだ」

夜になるとマリアが人目を忍んでやって来た。

わたしは横たわったままマリアに言った。

「わたしは果たして人々に少しでも生きる勇気や愛の尊さ、慈悲の心を広めることができたのだろうか？　今、わたしは悲しみの海を漂っている」

マリアがしっかりとわたしを抱きしめると、わたしの顔にマリアの涙が滴り落ちてきた。

第4部
夢路の果てに

第15章　最期の日

ユダの死

イスカリオテのユダは夕焼けが少しずつ翳(かげ)り始めるのを見ていた。

過去の懐かしい想い出が次々と湧き出て来て彼を感傷的にさせたが、ゆっくりしている時間は無かった。

彼は夕焼けの中に光る星を見たような気がした。

「これは終わりではないのだ」

ユダは呟くと最後の祈りを始めた。ひんやりとした風が彼の足元を吹き抜けてゆくと、どこからともなく聞き慣れた声が聴こえてきた。

（わたしはここにいる。そして、いつもあなたと共にこれからもいるのだ。後(のち)に、わたしのことが語られる時、あなたも語られ、あなたが語られる時、わたしも語られるだろう）

（師よ。わたしは蔑(さげす)まされ、師は崇められ、この大きな隔たりの中でどうして共にいることなどできましょうか？）

（ユダよ。わたしを救ったのはお前なのだ。わたしは最期の身の処し方をお前に委ねた。わたしは死によって自分に決着をつけたいとし、その協力者としてお前を選んだ。――だが、事態は思わぬ方向へ動いた。わたしは生きているのだ。肉体を持ち生きているのだ）

（わたしは果たしてわたしのやったことが正しかったのかどうか分かりません。ただ、愛する師の望まれるまま行動しただけです）

（後の世において必ず真実の扉が開かれる。ユダはわたしの一番愛する弟子であり、最も忠実な友であったことが……）

（わたしにとっては、師への純粋な愛を持って天に昇って行くことだけが……）

ユダはそこまで言うと泣き崩れた。

（ユダよ泣かないでくれ。お願いだ。だが、わたしの歩んだ道が果たして人々を幸福へと導く道だったのか、災いをもたらす道だったのか、今のわたしには答えが見つからない。『国外追放』という身になった今、わたしは遠い地へと旅立つ）

（師よ、最後の言葉をわたしに聞かせて下さい）

（愛するユダよ。真実は守ろうとすればするほど遠のき、失われ、時がその姿を全く隠してしまう。しかし、わたしはいつの日かその時が来たら、重い扉を開け人々に知らせよう。暗闇の中に置き去りにされてきたわたしとあなたの真実を――）

静寂がユダの周りを包むと、ユダは決めていた終焉（しゅうえん）の場所へ向かって薄暮れの中に消えて行った。

弟子への「贈り物」

薄明かりの中でわたしは弟子たちと会った。

ペテロはわたしに抱きつき、声を殺して泣いた。他の弟子たちも感慨に咽（むせ）いでいた。

ああ、生きて再びこのように会えるとは予想だにしなかった。

ペテロは気を取り直し力強く言った。

「とにかく真っ直ぐ前を見ることだ」

他の弟子たちも頷きあった。

「皆の者よ、知っている通り、わたしは国外追放の身となった。これから妻マリアと遠い地へと旅立つ。別れを言いに来た」

「師よ、師よ。わたしたちの師よ……」

再び弟子たちは一斉にわたしを呼び泣いた。

トマスがハッと我に返ったように、わたしに抱きつき言った。

「これは夢ではないのか？　師が現実に生きておられるという証をお示し下さい」

わたしは上着を脱ぐと皆に背を向けた。そこにはまだ生々しい鞭の傷跡が残っていた。そして、右手首の黒子のような痣（あざ）と左膝下の抉られた所を示した。

「トマスよ。これ以上何が必要か？　しかし、わたしは一度死んだのも同然だ。この国を出たら、もう一度自分を見つめ直したい。また、神についても深く考えたい。

何よりも、ひとりひとりの裡に在る神を目覚めさせ、働かせることだ。それにより、万物と繋がり次元の高い領域への道も知ることができる。言い換えるなら、転生の真実とは、すべての人の裡にある神の存在が万物と繋がっていて、転生を繰り返す度に少しずつ創造神と近付こうとしていることだ。

目に視えないものにこそ真実が隠されている。よく気をつけて視えないものを視るようにすることだ。

わたしが特別な存在であったということより、人々の心に愛の灯りを点すよう心懸けなさい。言葉というものは闇にまぎれ、真（まこと）の意味は失われ支配しようとする力だけが残る。愛の灯りは消えることがなく、わたしはすべての場所に遍（あまね）く在る。だから、わたしを特別に崇めたりする必要はないのだ」

ペテロが例の処刑についてわたしの考えを訊いた。

「雷に打たれ十字架で死んだ弟の話を聴いた時、目の覚める思いがした。ひとりの人間がいつ、どこで、どのように死んでゆくのか誰も分からない。風が人々に死を運ぶ時、裁くためでもなく、贖いのためでもなく、一片の花びらを散らすように死をもたらすのだ」

わたしは隅に置かれているオイルランプを指差した。

「その灯りはオイルの力によって点されている。灯りの源はオイルの力——即ち愛である。諦めず布教してゆくのだ。無知なる者には、わたしの言うことが理解できず金貨を溝に捨てるようなものだ」

いよいよ別れの時が近付いていた。十一人の弟子ひとりひとりに「贈り物」をした。

わたしはまずゼベダイの子ヤコブの足元に跪きその足に接吻をした。

「この足はわたしの足であり、わたしの働きをする足である。ヤコブよ。湖上を飛ぶ鳥を思い浮かべながら布教に歩きなさい。鳥は死への恐怖心も何の驕りもない。知っているのは、湖にゆらめく波の光り輝く美しさだ。ヤコブの布教が湖上の鳥のようであることをわたしは祈っている」

わたしは子ヤコブが苦境に立たされた時、わたしの声が聴こえるよう霊力を授けた。

「ヤコブよ。あなたが危機に陥った時、わたしの名を呼びなさい。あなたの耳にわたしの声が聴こえるだろう」

次にトマスの足元に跪きその足に接吻（キス）をした。

「この足はわたしの足であり、わたしの働きをする足である。トマスよ。『今日隠された実（み）は明日拾いに行っても探し出せない』。この意味するところを教えよう。ひとつの真理に辿りつくまでには多くの道がある。あなたが〝なぜ？〟と思ったら、そのことをそのままにしておかず、すぐにあらゆる面から考えてみることだ」

わたしはゼベダイの子ヤコブと同じようにトマスの耳に霊力を授けた。

「トマスよ。あなたがわたしを呼ぶ時、あなたの耳にわたしの声が答えを与えるだろう」

次にシモンの足元に跪きその足に接吻（キス）をした。

「この足はわたしの足であり、わたしの働きをする足である、シモンよ。あなたはわたしの語ったことをどれだけ憶えているだろうか？　もし、想い出せないなら、ひとつだけでも人々に言い広めなさい。それは『湖底に沈んでいる剣を拾うより、網を打って魚を得る方が短い人の世においては良い』と。平凡なる日々は非凡な努力の下（もと）に営まれる。愛も同じだ。特別な表現は必要としない。日々、自らを〝愛情に欠ける〟と謙虚に見詰め直すことにより豊かな愛の持主になれるのだ」

わたしはシモンの目と耳に霊力を授けた。

「シモンよ。もし、あなたが力尽き倒れそうになった時、あなたはわたしの姿を視、声を聴き再び立ち上がる勇気を持つだろう」

次にヨハネの足元に跪きその足に接吻（キス）をした。

「この足はわたしの足であり、わたしの働きをする足である。ヨハネよ。あなたはとても親思いであった。子が親を思い、親が子を思う姿は美しい。ひとつの譬え話をしよう。

〈母山羊は何匹もいる仔山羊の中で一匹だけ自分の傍に寄せつけずにいた。仔山羊はなぜ母山羊から嫌われるのか分からなかった。

ある日、商人が山羊を見に来て、一匹離れている仔山羊に目をつけ買わせてくれと頼んだ。その仔山羊は美しい毛並みをしていたからだ。仔山羊は母山羊と別れる時、少しも悲しくなかった。母山羊は美しい仔山羊の運命を知っていた。繋がれ遠ざかってゆく仔山羊を涙を溜めた目でいつまでも見ていた。姿が見えなくなると悲しい声で何回も鳴いた〉

ヨハネよ。親子の情愛の絆は本来とても深いものだ。そして、その無償の愛は精神の基本となるべきものなのだ」

わたしはヨハネに人々の心身を癒すことのできる霊力を授け、耳にも霊力を授けた。

「ヨハネよ。あなたは病んだ人々の心身を健康にすることができる。そして、わたしの声を聴きたいと願う時、それは叶う」

次にバルトロマイの足元に跪きその足に接吻（キス）した。

「この足はわたしの足であり、わたしの働きをする足である。バルトロマイよ。あなたには実の熟（な）らない大木の教えについて話しておこう。美味なる果実が熟る木の種を蒔いたからといっても実が熟るとは限らない。実が熟らないからと大きく育った木を切ってはいけない。実が熟らないのには理由があるのだ。実の熟らないことを嘆くより木が大きく育ったことを喜ぶのだ。

このように大きく木を育てることを、〝信仰〟と呼ぶ」

わたしはバルトロマイの目と耳に霊力を授けた。

「バルトロマイよ。あなたは人には視えないものが視え、道に迷った時、わたしの姿を視、わたしの声を聴くであろう」

次にアンデレの足元に跪きその足に接吻（キス）をした。

「この足はわたしの足であり、わたしの働きをする足である。アンデレよ。わたしはあなたのことを高い山――人々が仰ぎ見る象徴――という意味でヘルモン（＊注）と憶えておこう。

美しいと心から思えるものに出会うことは少ない。しかし、アンデレの動作は誠に美しい。無駄は無く、それでいて相手にいやな思いをさせない。愛に溢れている。清き実は人の体を浄めてくれる。自信を持ち布教に歩きなさい」

わたしはアンデレに人々の心身を癒すことのできる霊力を授け、耳にも霊力を授けた。

「アンデレよ。あなたには人々の心身を癒す光が宿り病を治すことができる。そして、わたしを必要とする時、わたしの声が聴こえるだろう」

次にマタイの足元に跪きその足に接吻(キス)をした。

「この足はわたしの足であり、わたしの働きをする足である。マタイよ。『水瓶に水が無い』と人が騒ぐのを見たら、水のある場所を教えるのではなく、あなた自身がそこへ行き水瓶に水を満たして来なさい。そして、『他にお困りのことはありませんか?』と訊ねなさい。ひとりの人はひとつ困ったことを口にするなら他にも助けて欲しいことがあるはずです。自ら進んで人々のために尽くすのです。布教は教えるばかりでなく、あなた自身の心身も使うのです」

わたしはマタイの足と耳に霊力を授けた。

「マタイよ。あなたの足はあなたを求めている所へ行こうと動き、わたしの助言が欲しい時、わたしの声を聴くことができるだろう」

次にピリポの足元に跪きその足に接吻(キス)をした。

「この足はわたしの足であり、わたしの働きをする足である。ピリポよ。人の心を湖に譬えるなら、ある時は凪、ある時は暴風というように、人の力でどうにかなるものではない。しかし、ただひとつできることがある、それは〝待つ〟ということだ。結果は急がなくて良い。人の心を〝待つ〟のだ。あなたたちの話したことが人々の心に浸みわたる時が必ず来る。〝待つ〟という姿勢で人々に話すのです」

わたしはピリポの目と耳に強力な霊力を授けた。

「あなたの目は驚くほど、普通の人の目では見えないものが視え、あなたの耳にはわたしの戒めの声がよく聴こえるだろう」

次にタダイの足元に跪きその足に接吻をした。

「この足はわたしの足であり、わたしの働きをする足である。タダイよ。もし、あなたが金貨を拾ったならどうするだろうか？」

タダイは答えた。

「持ち帰り皆と分配します」

「このわたしの問いに正解などない。タダイの袋の中に入れようが、素通りしようが、貧しい人に与えようが自由だ。何でもこうしなければならないと考えないことだ。タダイが昔、世話になった恩人に食料を持って行くのも良いだろう。金貨はあなたを選んだのだ。これは心の持ち方にも通じるものがある。あなたが今まで出会ったことのないような素晴らしい教義に巡り合ったとしよう。あなたは陰ながら崇拝しようが、入信しようが、伝道に歩こうが全く自由だ。タダイたちが布教してゆくうちには、独自の思想や世界観を述べる者たちが迫害を加えてくるかもしれない。しかし、さっきも言ったように拾った金貨の正しい使い方など無いと同じように、この教義が一番正しく、すべてのものがそれに従わないといけないというものではないのだ」

わたしはタダイの両手と耳に霊力を授けた。

「タダイよ。あなたはその両手で多くの人々に愛情溢れる祈りを捧げ、どこにいてもわたしの祈りの声を聴くことができるだろう」

次に小ヤコブの足元に跪きその足に接吻(キス)をした。

「この足はわたしの足であり、わたしの働きをする足である。小ヤコブよ。あなたが持っているわたしへの不満に最後まで応(こた)えることができなかった。悲しい思いでいる。小ヤコブよ。一本の枝に三つの果実が熟っていたとしよう。ひとつはまだ青くて熟していない。二つ目はもう少しで完熟するところだ。三つ目は虫喰いの跡があるが、まさに食べ頃だ。小ヤコブは、わたしが『どれかひとつ取って欲しい』と望んだら、どの実をくれるだろうか?」

小ヤコブは答えた。

「もう少しで完熟する実を差し上げます」

わたしは言った。

「わたしが望むのは虫喰いの跡があっても美味なる実だ。このように人の望むことには当然の如く違いがある。

わたしが先頭に立って民衆を導き、ローマ帝国へ立ち向かう姿を求めたかもしれないが、わたしは流血により多くの犠牲者を出す革命など望まなかった。わたしはそれより人々の心を立ち上げる精神の革命に心を注いだ。そして、わたしに賛同し、ついて来てくれる霊性の高い者を選んだ。誇りを持って布教して欲しい」

わたしは小ヤコブの足と耳に霊力を授けた。

「小ヤコブよ。あなたの足はどんな艱難（かんなん）に遭っても踏み越えて行き、また、あなたの耳にはわたしの励ましの声が聴こえるだろう」

最後にペテロの足に跪きその足に接吻（キス）をした。

「この足はわたしの足であり、わたしの働きをする足である。わたしは威厳ある者より驕りが無く人の悲しみにそっと添える者を喜ぶ。

ペテロよ。わたしはあなたに残すべき宝は何ひとつない」

「師よ。あなた様がわたしの師であったことが何よりの宝です」

「この力の無いわたしにありがたい言葉だ。ペテロに白い花の譬え話を贈ろう。

〈道端にやっと咲いた白い花があった。その花は心配性で、いつ散ってしまうかとそればかり考えていた。風が言った。『わたしがひと吹きすれば、すぐ散りますよ』。太陽の光は言った。『わたしがジリジリ照りつければ、すぐ枯れますよ』。隣に咲く青い花は言った。『子どもたちがやって来れば、すぐ摘んでしまいますよ』。白い花は恐ろしさに花びらを震わせた。それでも、白い花は長い間咲いていたが、ある夕方に、ひらひらと散っていった。それを見ているものは誰もいなかった〉

　取るに足らない話のように思うかもしれないが、わたしはこの白い花の物語がペテロに相応(ふさわ)しいと思うのだ。誰も傷つけず、人の話に素直に耳を傾け、それでいて自分を見失うことなく咲き続ける。ペテロよ。簡素なものに宿る命の輝きは最も美しい。

　ペテロよ、あなたと歩いた布教の道は忘れ難い。あなたの名をわたしの胸に永遠に刻もう」

　わたしはペテロの耳に霊力を授けた。

「ペテロよ。あなたの耳には、大いなる光の方々の声やわたしの声が聴こえるであろう。自分を信じ布教に歩きなさい」

　いよいよ、別れの時が来た。

わたしは最後に弟子十一人に告げた。

「ここにいるあなたたちは高い霊性の持主です。それこそがあなたたちを選んだ理由です。それは、わたしがいなくなった後に必要だと考えたからだ。わたしの弟子である誇りと自信を持って後(あと)をしっかり頼む。母マリアのこともよろしく頼む」

わたしが出て行こうとすると、わたしの周りを弟子たちが取り囲んだ。

ペテロがわたしに抱きつき泣いた。

「どうぞ、行かないで下さい。わたしたちが必ず師を守ります」

その時、ランプの灯りが消えた。

わたしは皆が静かに泣いているのを胸の詰まる思いで、暗闇の中に立ち尽くしながら聞いていた。

そして、部屋の隅で待っていた妻マグダラのマリアと共に隠れ家を後にし、国境へと向かった。

＊　　＊　　＊

師イエスとマグダラのマリアが去ると、ペテロが悲痛な声を上げた。

「これからどうすれば良いのだ⁉」

アンデレが一番最初に喜びの声を上げた。

「耳を澄ますと師の声が聴こえる」

ピリポが同じように感動した声で言った。

「本当だ。はっきり聴こえる。師はこう言っておられる。

『わたしはいつもあなたと共にいます。さあ、勇気を出して歩き出しなさい』」

残りの弟子たちも次々に師の声を聴いた。

ゼベダイの子ヤコブが力強く言った。

「師が与えてくださった力を信じやってゆこうじゃないか」

それからの弟子たちの布教活動は困難と苦渋に満ちていた。だが、彼らの信念は揺らぐことは無かった。

それは、師の起こした数々の奇蹟に心を動かされたのではなく、師イエスの深い愛情に満ちた人間性に心より尊敬の念を抱き、全幅の信頼を寄せていたからであった。

（＊注・ヘルモン山――標高二八〇〇M。聖書における一番高い山）

それからのペテロ

ペテロは夜が明けると歩き始めた。師や仲間たちと一緒に布教に歩いた頃が懐かしく想い出された。

特に師との想い出は尽きなかった。

師には、ちょっとした癖があった。それは、人々を前にしてお話になる時、少し首を傾げ微笑まれるのだ。

「この話はあなたたちには理解できないでしょうが……」というような皮肉っぽさにも見えたし、人の心を安心させるような優しさにも思えた。

そして、いたずら好きでもあった。ペテロが昼寝をしている間にサンダルの片方を隠し、ペテロが起きて必死で探していると「鳥がくわえて持って行った」と悲しませた後、木の枝に引っ掛かっているサンダルを差し、師の仕業だと自ら白状されたりもした。

ある時などは、「今日から師をペテロと交代する」と真剣な顔で宣言し、皆を慌てさせたりもされた。

師は左利きだったが、右手も上手に使われたので、いわゆる両利きだった。それを証明するのに一番分かりやすいのは、群衆を前にしての譬え話をされる時だ。その表現力、流れるような手の使い方は格別のものだったが、それは、左利き（両利き）が一因していたことは間違いなかった。ペテロは師を想うと涙が溢れた。師を偉大な霊能力者として崇めるだけでなく、深い愛情を持つ人間性に魅力を感じていた。そして、師の力になることを心より願っていた。

水を飲むためペテロは川岸に降りて行った。何度も口に含み、ゆっくりと喉を通らせ充分に水を味わった。

（どのくらい歩いたのだろうか？）

ペテロは傍に師イエスが立っているのを感じた。

（これからどうすれば良いのでしょうか？）

師はお答えになった。

（小さな村から少しずつ始めなさい。砂漠を行く時、水は要らない。砂漠を旅する者には必要な時、必要なだけの水が天より与えられる）

ペテロは旅を続けた。苦しい旅だった。

ある時、野宿しているペテロの所に師が現れた。

師は力強くペテロに語りかけてこられた。

（わたしはあなたたち弟子に絶えることのない種を与えてある。一粒ずつ蒔いてゆきなさい。あなたの持つ袋の中には絶えることの無い天よりの種が入っている。

あなたの心が崩れそうになった時、わたしを呼びなさい。そうすれば、あなたはわたしの声を聞きわたしの言動を想い出すだろう）

師が去って行ったのを感じた後、天より響いてくる師の声をペテロは聴いた。

地に敷き詰められた星の欠片は
人々の流した数多（あまた）の涙。
あなたの持つ癒しの箒（ほうき）で清めなさい。

枯れることのない慈愛の泉が
誰の心にも満ちている。
あなたもその清らかな水に触れなさい。

人知れず暗闇の中で
絶望に耐えかねている時
あなたの前に黄金の道は現れる。

そして、あなたの周りに
柔らかな光が溢れ
風が何かを知らせようとする。
終の旅立ちの時が来たのだ。
生きている間に用意しておいた場所
そこをめざしてはばたいて行きなさい。
あなたの魂は
次の転生までそこで息づくだろう。
安らかな愛の灯りの下で。

最期の日

わたしイエスの命の絶えた日について語っておこう。わたしの住んでいる家の後ろに森があり、わたしはそこに小さな小屋を建て作業場として使っていた。

ある日、その小屋へ行こうと、腰に木工道具一式や短剣を腰のベルトにぶら下げ出発した。森は清々しい空気に包まれ体が生まれ変わるような気持ち良さだった。途中から野兎もわたしの後を跳ねて追いかけて来たが、急に茂みに入って隠れた。気が付くと、意味不明の言動の多い若者がわたしの後を追って来ていたのだ。彼はいつものように手に玩具のような物を持ち、ぶつぶつ呟いていた。わたしは彼のことを気にせず森の中を進み小屋に着いた。

小屋に入ると、腰に下げていた物を入口近くの壁にすべて掛け、薪の上に座り目を閉じ瞑想にふけった。

小屋の戸が開き、誰かが入って来るのを感じた。（あの若者だな）、わたしは目を閉じたまま動かずじっとしていた。

「お前も、この俺のことを憎んでいるのだろう」

わたしはハッとして目を開け、何か答えようとしたが言葉が見つからなかった。

彼は何か叫びながら、わたしの短剣を持って襲いかかって来た。わたしは彼の手から必死で短剣を取り上げようと揉合になり、足を滑らせ転倒した。彼の持つ短剣はわたしの胸を直撃した。

呆然と立ち尽くす彼にわたしは喘ぎながら言った。

「早く逃げろ。二度とここへ来るな」

逃げてゆく足音を薄れてゆく意識の中で聴いていた。

これがわたしの呆気ないほどの最期の瞬間だ。不謹慎なことを言うようだが、このわたしの終わり方はわたしらしいと思っている。

十字架の上で死ねなかった男が、呪われた一本の短剣によって死んでゆく。この「死」の違いは何だろうか？　たぶん、わたしたちが知り得ない「未知の法則」によって「死の時」は、各人ひとりひとりに訪れるのであろう。

駱駝の背に揺られ
苦しい旅は続く。
枯れた花に手を触れようとすると
遠くから声が聴こえてくる。
「想い出して！
あなたは必要なものをすべて持っている」
ひとりの死者に会うこともなく

流離（さすらい）の旅は果てしない。
怨念の花々が
寂しく散ってゆく中
ゆらめく痴（ち）の美しさに
何度も立ち止まる。

長かった傷（いた）みの旅も
時を経て、やがて消え失せ
小さな命は、ひとつの標（しるべ）を見つけ
終焉の場所に辿り着く。
森羅万象のはためく中を
次々と飛翔してゆく魂が視える。

今まさに、夕日が
ふたつの影を地に映しだす。
ひとりではなかったのだ。

名を訊ねると返ってきたのは「愛」
これからの魂の旅も
一緒に寄り添ってゆくと言う。

枯れた花が
美しい花園と変わり
辺りには懐かしい声がこだまする。
「万物は全て神であり
万物は全て繋がっている。
忘れないで
忘れないで……！」

完

おわりに

本書には載せていないが、イエスのお話のなかに「目の見えない狼」というのがある。短い物語だが、仲間の友情をテーマにした心に残る物語だ。次に紹介しておこう。

〈森のなかに仲の良い三匹の狼が棲んでいたが、そのうちの一匹は目が見えなかった。そのため仲間の持ち帰る獲物を食べて暮らしていた。

ある日、目の見えない狼が水を飲みにいつもの川の辺に行こうとしていると、凶暴な敵が襲ってきた。あわやという時、仲間が帰って来て戦い始めた。目の見えない狼は何もできずじっとしていたが、やがて敵は逃げて行く気配がし、仲間の動きもなくなった。目の見えない狼は倒れている仲間の匂いを嗅ぐと二匹とも死んでいた。

生き残った目の見えない狼は寝ぐらに帰ると横たわり仲間のことを想い続けた。そして、自らの傷が癒えても、水を飲みに行くこともせず仲間の匂いの残る寝ぐらで息を引き取った〉

イエスは、この物語を話し終えた後、次のように言葉を続けた。

（あなたが、かけがえのないものを失った時、悲しみのどん底にいる時、もはやすべて信じるものがないと感じた時、生きる希望が全くなくなった時、その時こそ、あなたの心の扉を開けなさい。そこには、もうひとりのあなたが必ずいて、あなたと一緒に進む道を探してくれる。最後まで諦めないことだ。

この地球には輝いているものが少ない。人々は憎しみあい、傷つけあい、奪い合っている。一番神聖な場所は、ひとりひとりの心の裡にある。豪奢な建物の中やりっぱな像の立っている所ではない。

また、日本という国は豊かで平和な国のように思われがちだが、わたしは必ずしもそうは思わない。年間、驚くほどの自死者たち、地震多発の小さな島に多くの原発、動物への虐待、学校における陰湿ないじめ、それによる子の自死、自然破壊、貧富の格差――数え上げれば限（きり）がないほどの問題を抱えている。

しかし、そのような国でありながらも質の高い精神を持つ民であり、世界を良い方向へ先導できる力を持っていると信じている。

人は一生の間にいろいろな艱難辛苦（かんなんしんく）に出会う。全く何もない方が不思議だ。その時、道はひとつではないことを知っておくと良い。生きる道は無数にあり、幸福（しあわせ）に生きる喜びの場所も一か所ではない。無数にあるのだ。自らがつくりだす狭い幻の門が幸福（しあわせ）を約束するものではなく、

ひとりの人間として責任を持ちつつ、自由に心を遊ばせ、己を愛し人を愛することで真に心の束縛から解放される〉

最後の章を書いている時、イエスは二度とわたしの前に現れることがないような気がした。

そして、疑問に思っている二つのことを訊ねた。ひとつは、イエスが十字架に架かっていないことを預言してある箇所が聖書に載っているかという問いだった。

イエスは「旧約聖書」の詩編一〇二章二四節から二九節を示した。

〈わたしの力が道半ばで衰え
生涯が短くされようとした時
わたしは言った。
「わたしの神よ、生涯の半ばで
わたしを取り去らないでください。
あなたの歳月は代々に続くのです。
かつてあなたは大地の基を据え
御手をもって天を造られました。
それらが滅びることはあるでしょう。
しかし、あなたは永らえられます。

すべては衣のように朽ち果てます。
着る物のようにあなたが取り替えられると
すべては替えられてしまいます。
しかし、あなたが変わることはありません。
あなたの歳月は終わることがありません」

あなたの僕らの末は住む所を得
子孫は御前に固く立てられるでしょう。〉

ふたつめの問いは、なぜイエスの弟が十字架に架かり、イエスが刑を免れたのかという——多くの人に衝撃を与える——最も興味のあるものだった。

イエスが遠くを見るような目差でわたしを見詰めたように感じた。そして、わたしの周りにたくさんの白い花を置いて消えていった。次の言葉を残して——。

〈望まぬことが起きるのは常なる運命であり、斜交に彩られた人の世を渡ってゆくのは、人の足ではなく信じられないほど緻密にできた法則なのです。そして、何よりも視えない所でためされる、善きこと、幸いなることは後に豊かな実りをもたらします〉

わたしはこの本を書き終えてからも本書の登場人物に親愛の情が湧き、懐かしささえ感じ別れが切なくなった。しかし、イエスを始め、彼らを尊敬こそすれ崇めるため宗教の道に入ることはないだろう。

本書を最後までお読み頂きありがとうございました、心より感謝とお礼の言葉を述べさせて頂きます。

また、今までご指導頂きました方々や友人、そして編集などでご協力頂きました明窓出版のスタッフの方々に心から感謝申し上げます。

殉教なされた方々に深い崇敬の念を抱くと共に、その御霊（みたま）が安らかならんことを祈り、本書がひとりでも多くの方に読んで頂けることを願っております。

著者が啓示を受け写真撮影を行うと、別次元の被写体が出現することがあります。

巻末資料としてその一部を公開いたします。

下記のURLをご入力いただくことで
PCやスマートフォン等で画像をご覧いただけます。

「霧島神宮に行くように」と言われ、霧島神宮で写真を撮ると、
オーブが中央に大きく写っていた。
（写真A　2015年9月28日撮影）

http://www.meisou.com/contents/a.jpg

オーブを拡大すると、マリアが赤ん坊のイエスを抱く姿が見える。
（写真B）

http://www.meisou.com/contents/b.jpg

メッセージが降りてくる部屋の写真を撮るよう啓示を受け、
撮影すると柱の中央に男性の顔が写っていた。
その写真を見た時に『聖者』という響きが聞こえた。
（写真C　2017年3月17日撮影）

http://www.meisou.com/contents/c.jpg

奇蹟はどのように起こったのか?

はじめて明かされるイエスの生と死の真実

山村エリコ

明窓出版

平成二九年十二月二五日初刷発行

発行者 ── 麻生 真澄

発行所 ── 明窓出版株式会社

〒一六四─〇〇一二
東京都中野区本町六─二七─一三
電話 (〇三) 三三八〇─八三〇三
FAX (〇三) 三三八〇─六四二四
振替 〇〇一六〇─一─一九二七六六

印刷所 ── 中央精版印刷株式会社

落丁・乱丁はお取り替えいたします。
定価はカバーに表示してあります。

ISBN978-4-89634-384-7

著者プロフィール

山村(やまむら)エリコ

1963年生まれ。

日本在住。

主要参考文献

『新聖書辞典（新装版）』いのちのことば社

『バイブル新共同訳』日本聖書協会

『聖書人物列伝』新人物往来社

『キリスト教の輪郭』女子パウロ会（百瀬文晃著）

『常識として知っておきたい世界の三大宗教』河出書房新社（歴史の謎を探る会編）

『聖書の時代の人々と暮らし』バベルプレス（シルヴィア・ガスタルディ／クレール・ムザッティ著　柴田ひさ子監訳）

『キリスト教の謎―奇跡を数字から読み解く』中央公論新社（竹下節子著）

宇宙心

鈴木美保子

愛しい惑星、私たちの地球を何とか次世代へとつなげるために、沖縄の無名の聖者S師は天の導きのままに二十余年の苦難の行脚を続け、宇宙から光の柱を地球に降ろされた。
新世紀の心「宇宙心」。二十代を求道の世界放浪に費やした著者が今、時代を乗りきる愛と勇気を世に問う。

日本中の小中学校に絵本と花の種を匿名で配り始めた男性に、ある日、不思議なことが起こった…。国連の通訳として活躍する女性が、彼と出会ってからの軌跡を綴った一冊。
「本書は、のちに私がＳ先生とお呼びするようになる、この『平凡の中の非凡』な存在、無名の聖者、沖縄のＳさんの物語です。Ｓさんが徹底して無名にとどまりながら、この一大転換期にいかにして行動したのか、その壮絶なまでの奇跡の旅路を綴った真実の物語です」

第一章　聖なるホピランド
第二章　無名の聖人
第三章　奇跡の旅路
第四章　神々の平和サミット
第五章　珠玉の教え
第六章　妖精の島へ
第七章　北米大陸最後の旅
第八章　新創世記

本体価格　1200円